진정한 나를 찾아서

바쁜 30대를 위한 인문학 쉼터

– 시시詩視한 인문 에세이 –

| 작가의 말 |

어느 날,
'30대를 위한 인문학'을 써야겠다는 생각을 했다.
ㅂ 북카페에서
'젊은이를 위한 시시詩視한 인문학'을 강의할 때였다.

'아, 우리 아이들도 내 강의를 들으면 얼마나 좋을까?'
'이제 30대가 된 나의 아들들, 아빠가 해준 게 너무 없구나!'

30대는 서(立)는 나이다.
자신의 세계를 만들어가는 나이다.

다들 바쁘다.
그러다 보면,
길을 잃기 쉽다.
이럴 때는 자주 쉬어야 한다.

내면에서 들려오는 소리에
귀를 기울여야 한다.

그러면,

이 세상을

시(詩)의 눈으로 볼(視) 수 있게 된다.

시시한 세상이

시시詩視한 세상으로 바뀌는 기적이 일어난다.

삼라만상이 하나로

어우러지는 세상이다.

나의 글들이

바쁜 30대에게

쉼터가 되어 주었으면 좋겠다.

그리하여,

새로이 열리는

자신들의 길을 걸어갈 수 있으면 좋겠다.

2024년 가을이 오는 길목에서

고석근

| 차례 |

1장 나를 찾아서

2장 나를 넘어서

3장 현재를 잡아라

4장 인간에 대한 믿음

5장 아름다움이 인류를 구원하리라

6장 하나는 모두를 위하여, 모두는 하나를 위하여

7장 영원을 향하여

1장

나를 찾아서

"나는 누구인가?"라는 물음에
스스로 답하지 않으면
세상의 반응에만 의존하게 될 것이다.

– 칼 융

나는 누구인가?

언어는 삶에 명령을 내린다.
– 프란츠 카프카

다섯 살배기 큰아이가 갓난아기 동생 지웅이를 보며 조심스레 물었다. “아빠, 근데 지웅이 아빠는 누구야?”

나는 오른손 새끼손가락으로 나를 가리키며 말했다. “지웅이 아빠 여기 있지.”

그러자 큰아이는 “앙!” 울음을 터뜨리며 낙망한 얼굴로 방을 나갔다. 큰아이를 뒤따라 나가 한참 동안 달래야 했다.

“아빠는 현웅이 아빠도 되고, 지웅이 아빠도 되지.” 이 말이 큰아이에게 아무런 위안이 되지 않았다.

이제 성인이 된 아이들이 “아빠!” 하고 부를 때가 있다. 가슴

이 뭉클하다. '아빠… 내가 어떻게 해야 하는 건가?'

아빠라는 말에는 나에게 내리는 명령이 있다. 모든 인간의 정체성은 누가 부를 때 만들어진다.

부모, 남자, 여자, 학생, 선생님, 회사원, 부장, 공무원, 국민…… 모두 남이 부르는 이름들이다. 그 이름들에는 세상이 부여한 의무가 있다.

우리는 한평생 언어가 부여한 의무를 수행한다. 어떻게 해야 인생을 잘 살 수 있을까?

만일 우리가 우리의 삶을 어디론가 몰고 가는 것에
그토록 열중하지만 않는다면
그래서 잠시만이라도 아무것도 안 할 수 있다면

– 파블로 네루다, 〈침묵 속에서〉 부분

침묵 속에서, 우리는 비로소 자유롭게 된다. 자신의 길이 보인다.

너 자신을 알라

착각에서 벗어나 정체성을 찾는 것은 처음에는 고통스럽지만, 결국 자아가 단단해지는 즐거운 과정이다.
– 에이브러햄 매슬로

프랑스의 소설가 빅토르 위고의 《레미제라블》을 읽으면 가슴이 아프다. 자베르 형사의 죽음이 너무나 슬프다.

자베르 형사는 법과 원칙의 화신이다. 따라서 죄를 지은 장발장을 용서할 수가 없다.

그는 끈질기게 장발장을 뒤쫓는다. 그러다 절체절명의 순간, 장발장에게 목숨을 빚지게 된다. '아니? 이런 범인에게 사랑의 마음이 있었어?'

그는 한순간에 정체성의 혼란을 겪게 된다. 그는 깊은 내면의 '양심(Self)'을 깨닫게 된 것이다.

그의 한평생의 신념이 와르르 무너져 버리게 된다. 그는 센강에 몸을 던진다. '나는 누구인가?'

그는 왜 그토록 강력한 법과 원칙에 대한 확신을 지니게 되었을까? 그의 부모는 죄수였다. 감옥에서 태어난 그는 죄수의 아들이라는 게 너무나 부끄러웠다.

이 부끄러움을 숨기기 위해 그는 법과 원칙의 화신이 된 것이다. 그는 죄수만 보면 분노가 터져 나왔던 것이다.

모든 것은 나의 안에서
물과 피로 육체를 이루어 가도
너의 밝은 은빛은 모나고 분쇄되지 않아

– 김현승, 〈양심의 금속성〉 부분

우리 안에는 밝은 은빛의 '양심'이 있다. 한평생 양심의 소리를 들으며 살아야 제대로 된 인생을 살 수 있다.

나는 나다

너는 자유다. 스스로 선택하고 발명하라.

– 장 폴 사르트르

독일의 철학자 쇼펜하우어가 산책하다가 남의 과수원에 들어가게 되었단다. 주인이 총을 겨누며 소리를 쳤다고 한다.

"서라! 당신은 누구냐?"

쇼펜하우어가 담담하게 말했단다.

"나도 내가 누군지 몰라 이러고 있습니다."

쇼펜하우어는 누구일까? 우선 철학자라는 게 떠오를 것이다. 그러면, 그가 철학 연구를 그만두면 그는 누구인가?

남자? 만일 그가 여자로 성전환하면 그는 누구인가? 대학교 수? 그가 대학교수를 그만둔다면?

이렇게 그가 누구인지 계속 질문해가면, 그의 모든 정체성이 드러날 것이다. 그런데, 그 모든 정체성이 없어진다고 해서 그는 사라지는가?

그는 계속 그다. 그 어떤 이름으로도 말할 수 없는 그가 남는다. 그는 그다, 그리고 나는 나다.

이게 진짜 정체성이다. 무어라고 말할 수 없는 나, 무한히 무언가로 변신할 수 있는 나.

> 나는 구름을 사랑한다…… 흘러가는 구름을……
> 저기에…… 저기에…… 저 신기한 구름을!
>
> – 샤를 보들레르, 〈이방인〉 부분

우리는 모두 '이방인'이다. 이 세상에 살고 있지만, 이 세상 속에 속해 있지 않다. 무어라고 말할 수 없는 신비의 광휘에 휩싸여 있는 나다.

나를 찾아서

가장 중요한 자유는 당신이 정말로 누구인지가 되는 것이다.

– 미셸 푸코

"종은(어릴 적 이름)아!" 다정한 엄마 목소리, 지금도 귓가에 들려온다. 어릴 적 부모님은 닭이나 토끼를 잡으면 내게 생간을 소금에 찍어 주셨다.

나는 인상을 찌푸리며 피가 배인 생간을 먹었다. 눈부신 순간이다. 온 세상이 찬란하게 빛나던 시간.

그렇게 나는 '장남'이 되어갔다. 나는 스스로 가난한 소작농의 장남이 되어갔다. 남동생 세 명의 작은 독재자.

그러다 30대 중반에 인생의 위기가 왔다. '나는 누구인가?' 나는 나였다. 나는 내가 되어야 했다.

그 후 나는 나를 찾아갔다. 인간은 자신을 재구성할 수 있는 존재다. 전래동화를 보면, 다 집을 떠나는 이야기다.

심청이는 효도라는 명분으로, 백설공주는 계모가 괴롭힌다는 명분으로, 해와 달이 된 오누이는 엄마를 잡아먹은 호랑이가 쫓아온다는 명분으로…… 다들 영웅이 된다.

우리는 누구나 영웅이 되어야 한다. 자신만의 길을 가야 한다. 마음속의 부모님은 지워야 한다.

가자 가자
쫓기우는 사람처럼 가자
백골 몰래
아름다운 또 다른 고향에 가자

– 윤동주, 〈또 다른 고향〉 부분

우리에게는 '또 다른 고향'이 있다. 백골의 고향이 아닌 영혼의 고향. 영혼의 고향에 가야 우리는 비로소 자유(自由)로운 인간이 된다.

너 자신을 발명하라

내가 누구인지 묻지 말고

내가 똑같이 남아 있길 바라지 말라.

– 미셸 푸코

오래전에 미국 드라마 '맥가이버'가 유행했다. 그는 만능재주꾼이었다. 어떤 위급한 상황에서도 손재주를 부려 돌파했다.

이런 능력을 프랑스의 인류학자인 레비스트로스는 '브리콜라주'라고 했다. '손에 닿는 어떠한 재료들이라도 가장 창조적이고 재치 있게 활용하는 기술'이다.

현대 문명인은 재료와 매뉴얼(사용 설명서)이 있어야 무엇을 만들 수 있다고 생각한다.

하지만, 삼라만상 인간이 해석하고 사용하기 나름이다. 우리는 4차 혁명의 시대, AI(인공지능) 시대에 살고 있다.

우리는 이제 '맥가이버'가 되어야 한다. 그때그때 반짝이는 아이디어로 자신의 인생을 만들어가야 한다.

우리는 스스로 자신을 하나의 예술 작품으로 만들어갈 수 있는 신나는 시대에 살고 있다.

홍동백서, 주과포혜
몇백 년을 루머처럼 떠도는 지령에 따라
바삐 손을 놀리는 나에게
어린 효자 아들이 말했다
엄마, 제사상에 짜장면 시켜다 놓자
탕수육도 한 접시

— 문정희, 〈파를 다듬으며〉 부분

이제는 짜장면, 탕수육으로 제사상을 차리는 집이 있다고 한다. 철없는 아들의 눈에는 너무나 당연한 것이 실제로 이루어지는 데는 수십 년의 세월이 흘러야 했다. 우리 안의 아이로 살아도 되는 시대가 왔다.

나는 내가 아니다

타자의 고통이 내 고통임을 깨달을 때만이
우리는 살아야 할 존재 가치를 지니게 된다.
– 에마뉘엘 레비나스

지난 일요일에 큰아이, 작은아이와 함께 ㅅ 갯골 공원에 갔다가 길을 잃었다. 공원 주차장이라고 생각한 곳이 ㄱ 캠핑 사무실이었다.

큰아이가 작은아이와 함께 차를 갖고 오겠다고 했다. "그래, 아빠는 여기서 기다릴게."

'어떻게 하나? 추위에 떨다 감기 걸리면 안 되는데…….' 나는 망연자실했다. 오지에 낙오한 영화의 주인공들이 생각났다.

자신을 캠핑장 소장이라고 소개한 분이 나를 흘깃 보더니 말했다. "사무실에 가시면 더 나을 것 같아요." 나는 감격했다. "아이구! 고맙습니다."

사무실은 훈훈했다. 나는 빈 의자에 앉아 눈을 감았다. 문명 사회는 이리도 아슬아슬하다.

큰아이에게서 전화가 왔다. "아빠, 도착했어." 갑자기 세상이 환해졌다. 차가 도착하고 작은아이가 농담했다. "재난 영화 찍었네."

그 짧은 40여 분의 시간, 소장의 따뜻한 친절이 없었다면, 나는 그 시간을 제대로 견딜 수 없었을 것이다.

가끔은 내가 없는 곳으로 산책을 가는 자.
내가 죽었을 때 내 곁에 서 있는 자.
그 자가 바로 나이다.

– 후안 라몬 히메네스, 〈나는 내가 아니다〉 부분

인간은 '유적 존재(類的存在)'라고 한다. 인간은 타고나기를 '개인이면서 인류의 일원인 존재'인 것이다. 그래서 다른 사람이 아파도 내가 아픈 것이다.

주인(主人)의 삶

인간은 자신이 언어를 형성시키고 주인인 양 행세하지만,
사실은 언어는 인간의 주인으로 군림하고 있다.
– 마르틴 하이데거

아주 오래전에 ㅇ 지하상가에 들어갔다가 모멸감을 느낀 적이 있다. 지나치다 흘깃 본 티셔츠, 마음에 들어서 들어갔다.

그런데 가까이서 보니 마음에 들지 않았다. 되돌아 나오려는데, 점원이 소리친다. "어이, 총각!"

'헉! 나를 총각이라고 불러?' 나는 그때 고등학교 교사였다. '총각'과 '선생님'은 얼마나 다른가?

나는 종종걸음으로 그의 목소리에서 벗어났다. 내가 만일 뒤돌아서서 그에게 왜 나를 불렀느냐고 항의하면 나는 꼼짝없이 총각이 되고 만다.

나를 총각이라고 규정하고 나면, 나는 어떻게 해야 할까? 나는 미숙하게 행동하게 된다.

나는 어른이 아니니까. 어른은 '결혼을 한 사람'을 일컫는 거니까. 모든 언어는 명령을 내린다.

주인의 삶은 자신의 내면에서 솟아올라오는 힘으로 살아가는 삶이다. 스스로 자신의 언어를 만들어가는 삶이다.

모든 언어에는
제 몸을 쥐어뜯은 상처가 있다

– 강연호, 〈언어의 꿈은 바깥에 있다〉 부분

언어가 있어 인간은 사회적 존재가 되었다. 하지만, 언어는 늘 명령을 내린다.

따라서, 우리는 자신의 언어를 구사할 수 있어야 한다. 침묵과 시(詩)다.

주인공으로 살아라

어디에 있건 주인이 되어라. 그러면 그곳에서 진리가 드러난다. (수처작주 입처개진, 隨處作主 立處皆眞)
– 임제

설총이 원효대사를 찾아가 가르침을 청했다. 원효대사가 일갈했다. "착한 일을 하지 말아라!"

왜 원효대사는 아들 설총에게 착하게 살지 말라고 했을까? 곰곰이 생각해보면, 착하게 사는 것은 삶의 기준이 밖에 있다.

세상이 착하다고 하는 것은 상황에 따라 맞지 않을 수 있다. '어른 말씀 잘 들어라.'는 가르침은 상황에 따라 위험에 처하게 할 수 있다.

인간은 자유로운 존재다. 스스로 판단하고 선택하며 살아가야 한다. 그때 우리는 진리를 알게 된다.

식당에 가보면, 감이 온다. 앞으로 흥할까? 망할까? 주인이 주인다울 때, 직원들도 주인답게 행동한다.

우리 모두 이 세상의 주인공이 되어야 한다. 그러면, 매 순간 우리 앞에 이 세상의 진리가 고스란히 드러난다.

손님 찾아가면 슬금슬금 꼬리를 감추더니
주인 나오면 극성으로 짖어대고
주인이 말리면 더 큰 용맹 발휘하여
물려고 덤벼드는 저 개는
지가 개가 아닌 줄 아는 모양이다

– 백무산, 〈뒤에서 바람부니〉 부분

우리 등 뒤에서 늘 바람이 분다. 누가 늘 명령을 내리는 것이다. 그 명령에 맞서는 게 쉽지 않다. 하지만 우리는 바람에 맞서야 한다. 그래야 삶의 진리가 눈부시게 피어난다. 개가 되면, 개로 살다 간다.

천상천하유아독존(天上天下唯我獨尊)

자신을 사랑하지 않고서는 타인을 완전히 사랑할 수 없다.
– 레프 톨스토이

중국 춘추전국시대의 양주는 말했다. "털 하나를 뽑아 온 천하에 이익이 되더라도 그렇게 하지 않는다."

언뜻 들으면, 자신밖에 모르는 지독한 유아론자(唯我論者) 같다. 하지만 곰곰이 생각해보면, 양주의 말에서 우리는 '자신에 대한 무한한 사랑'을 볼 수 있다.

이 세상에서 누가 가장 존귀한가? 바로 내가 아닌가? 나의 털 하나도 내가 아닌가?

우리는 자신을 무한히 사랑해야 한다. 석가는 태어나자마자 일곱 걸음을 걸으며 외쳤단다.

"천상천하유아독존(天上天下唯我獨尊)" 석가는 선언한 것이다. '나라는 한 인간은 이 세상에서 유일하게 존귀하다.'

명상을 해보면 안다. 이 세상에 오롯이 나만 있는 우주, 나는 더없이 존귀하고 아름답다.

무엇 하나 부족함이 없다. 그대로 온전한 나! 자신이 무한히 존귀하다는 것을 온 마음으로 느꼈을 때, 우리는 다른 사람, 다른 존재들도 똑같이 존귀하게 볼 수 있다.

한 알의 모래에서 우주를 보고
한 송이 꽃에서 천국을 본다
그대의 손바닥에 무한을 쥐고
찰나의 시간 속에서 영원을 보라

— 윌리엄 블레이크, 〈순수의 전조〉 부분

우리는 자신이 무한히 존귀한 존재라는 것을 온몸으로 깨달아야 한다. 그때 우리는 확장한다. 우주만큼. 온 우주가 나와 하나로 어우러진다.

너 자신을 속이지 말라

우리는 서로에게 거울이 되어,

서로가 어떤 사람인지를 비춰 줍니다.

— 파울로 코엘료

현대 양자물리학에서는 이 세상의 실상을 하나의 에너지장으로 본다. 삼라만상은 하나의 에너지 파동이라는 것이다.

따라서 나 한 사람의 마음은 삼라만상 전체의 마음과 통하게 된다. 나 한 사람의 마음이 가장 중요하다.

나 한 사람의 마음이 맑디맑다면, 나의 마음에 삼라만상이 훤히 비치게 된다. 그래서 도를 깨친 사람은 가만히 앉아서 천하를 알 수 있는 것이다.

문제는 자신의 마음이 흐려져 있다는 것이다. 자신을 속여서 그렇다. 오랫동안 자신의 감정을 숨기다 보면, 나중에는 자신의 감정이 어떤지를 모르게 된다.

자신의 마음을 모르게 되면, 다른 사람의 마음도 모르게 되어, 습관적으로 살아가게 된다.

얼마나 많은 사람이 로봇처럼 살아가는가! 우리는 자신의 마음을 항상 그대로 알아차려야 한다.

그러면, 자신의 마음을 오롯이 느낄 수 있고, 남의 마음과 함께 파동치는 마음을 온몸으로 알 수 있다.

흔들리지 않고 피는 꽃이 어디 있으랴

– 도종환, 〈흔들리며 피는 꽃〉 부분

우리는 한평생 흔들리며 살아간다. 그런데 흔들리며 살아가는 자신을 잘 살펴보면, 꽃을 피우는 과정이다.

비로소 자신을 온전히 사랑하게 된다. 사랑은 널리 널리 퍼져간다.

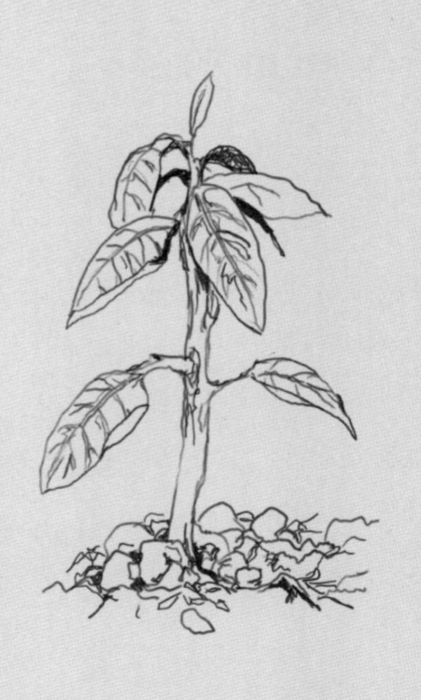

2장

나를 넘어서

나는 그대들에게 초인을 가르친다.
인간은 초극되어져야만 하는 그 무엇이다.
그대들은 인간을 극복하기 위하여 무엇을 했는가?

– 프리드리히 니체

너 자신을 초극하라

내면에 있는 불을 발견하면,
세계는 당신을 화려하게 비추게 될 것이다.
– 칼 융

모든 생명체는 태양의 후손이다. 태양의 불이 모든 생명체의 에너지가 되고 몸이 되었다.

따라서 우리는 우리 안의 불을 발견해야 한다. 뜨겁게 하고 싶은 것! 무엇을 하고 있으면 안에서 불타오르는 것!

이 불은 하고 싶은 것을 하다 보면 발견하게 된다. 직접 해봐야 안다. 머리로 판단하지 말아야 한다.

우리 대다수가 원하는 것들은 세상이 다 심어준 것들이다. '좋은 대학을 가!' '좋은 직장을 구해!' '돈을 많이 벌어!'

그런 소리에 귀를 막고 내면의 소리에 귀를 기울여야 한다. 내면의 소리가 가라고 소리치는 곳으로 가야 한다.

그러면, 우리의 길이 열린다. 온 우주가 길을 밝혀준다. 세상이 높이 치는 것들, 돈, 권력, 명예가 따라온다.

하마터면
뜰채에서
떨어질 뻔했네
휴- 간신히
턱걸이했어

— 신미균, 〈튀김용 개구리〉 부분

튀김용 개구리에 뽑혔다고 환호작약하는 개구리들! 시인의 눈에 인간들이 개구리로 보인다.

세상의 뜰채에 뽑힌 인간들, 그들 중에 얼마나 잘 살아가고 있을까?

자아를 넘어서

그대의 사상과 감정 뒤에, 강한 명령자, 알려지지 않은 현자가 있다. 그것은 자기(Self)라고 일컬어진다.
– 프리드리히 니체

한 명상 단체에서 수련회를 갔단다. 수련회 장소에 도착해서 함께 명상하고서 회원들에게 아무런 지침도 주지 않았다고 한다.

그런데 회원들은 각자 알아서 자신들의 역할을 하더란다. 밥하고, 청소하고, 설거지하고…….

어떻게 이런 기적이 일어날 수 있었을까? 명상(冥想) 덕택이었을 것이다. 명상하게 되면, 자아(Ego)가 죽고 깊은 내면의 자기(Self)가 깨어난다.

명상 단체 회원들은 이 자기가 시키는 대로 한 것이다. 모든 인류의 스승들은 우리에게 항상 자기의 소리에 귀를 기울이고 그 소리에 따라 살아가라고 가르친다.

이 자기를 공자는 본성(本性), 예수는 성령(聖靈), 석가는 불성(佛性), 소크라테스는 로고스(Logos)라고 했다.

현대 인류의 모든 위기는 현대인이 이 자기의 소리에 따라 살아가지 않고, 자아 중심의 삶을 살아가는 데서 올 것이다.

그대는 바람같이
머물다 가지만
숨 쉬는 법을 아주 잊는
이 풀을 좀 봐.

— 나해철, 〈사랑〉 부분

'사랑은 아무나 하나' 사랑은 능력이다. 자기가 깨어나야 한다.

자아 중심으로 살아가는 현대인은 남을 사랑할 수가 없다. 그가 사랑하는 사람들은 다 질식사한다.

아버지라는 이름

아버지, 아빠, 파파, 어떤 이름으로 부르든 그는 우리의 인생에 영향을 미치며, 우리가 우러러보는 대상이다.
— 캐서린 펄시퍼

TV 뉴스를 보고 있던 다섯 살배기 큰아이가 말했다. "아빠, 대통령이 뭐야?"
내가 대답했다. "정치하는 사람이야!"

큰아이가 물었다. "정치가 뭐야?"
내가 대답했다. "나라 살림살이."

큰아이가 물었다. "대통령이 높아?"
내가 대답했다. "응."

큰아이가 의아한 듯이 물었다. "아빠보다?"
나는 잠시 생각하다. 장난기가 발동했다. "아니."

큰아이가 다시 물었다. "아빠는 뭔데?"

나도 모르게 툭 튀어나왔다. "국민이야!"

큰아이가 갑자기 일어서서 만세 부르듯이 두 팔을 위로 뻗으며 크게 소리쳤다.

"야, 우리 아빠 국민이다!"

나를 홀로서게 한 광대한 아버지여
나에게서 눈을 떼지 말고 지켜주도록 하라
언제나 아버지의 기백이 내게 넘치게 하라

– 다카무라 고타로, 〈도정(道程)〉 부분

이번 여름에 큰아이가 독일에서 왔을 때, '부자유친(父子有親)'을 위해 최선의 노력을 했다. 성공했다.

아들과 마음이 상하면, 견딜 수가 없다. 내가 아들들에게 줄 수 있는 유일한 유산은 '아버지와 아들의 친함'이다.

아, 어머니

여자는 약하나, 어머니는 강하다.
– 윌리엄 셰익스피어

오늘 아침 인터넷 신문에 나온 기사.

'13년 전 전교 1등 모범생 ㄱ 군(당시 18세)은 안방에서 자고 있던 어머니를 흉기로 찔러 살해했다. 그는 출소한 이후 두 아이의 아빠가 됐다. (…) 그는 어머니로부터 강압적인 훈육과 체벌을 당한 일, 살인을 결심한 심경 등을 털어놨다.'

어머니는 대지모신(大地母神)이다. 모든 생명이 땅에서 태어나듯이, 모든 생명체는 어머니에게서 태어난다.

따라서 어머니의 사랑은 땅만큼 넓다. 어머니가 대지모신(大地母神)이 되어 이끌어가는 모계사회(母系社會)에는 사랑이 가득하다.

하지만, 우리 사회는 돈을 유일신(唯一神)으로 숭배한다.

이런 황금만능 사회에서는 나약한 여인인 어머니는 다음과 같이 말할 수밖에 없지 않겠는가?

"사랑하는 아들딸아! 돈을 유일신으로 숭배하는 사회에서는 금수저가 아닌 우리는 공부밖에 길이 없단다!"

이생에서도
다음 생에도 내가 다시 매달려 젖 물고 싶은 당신

내게 신은
당신 하나로 넘쳐납니다

– 복효근, 〈당신〉 부분

어머니가 다시 대지모신(大地母神)이 되어야 한다. 그때까지, 어머니는 피의 제물(祭物)이 되어야 할 것이다.

갑각류에 대한 슬픔

세상에서 가장 아름답고 소중한 것은 보이거나
만져지지 않는다. 단지 가슴으로만 느낄 수 있다.
— 헬렌 켈러

게, 조개, 가재 같은 갑각류를 보면 가슴이 아프다. 갑각류는 언제부터 단단한 껍질을 뒤집어쓰게 되었을까?

언제부터 연분홍 살을 부드럽게 스쳐 가던 물결과 발가락 사이로 빠져나가던 모래알들을 잊을 결심을 하게 되었을까?

잊는다는 건 얼마나 자신을 망가뜨려야 가능한가! 표정 없이 산다는 건 얼마나 고통스러울까?

저들을 보면 내 지나간 삶들이 되살아난다. 나도 한때 갑각류로 견뎠다. 웃는 건지 우는 건지 알 수 없는 표정으로 학교에 가고, 집에 왔다.

집에 와서 표정을 풀려고 해도 풀어지지 않았다. 잠자리에 들어서야 겨우 표정이 풀렸다. 하지만 꿈자리는 늘 뒤숭숭했다.

나를 감싸고 있는 딱딱한 껍질을 벗어 버리는 데 수십 년이 걸렸다. 느닷없이 울음을 터뜨리고, 불같이 화를 내며 눈물로 껍질을 녹였다.

인간에게 가장 중요한 건, 풍부한 감성이다. 감성이 풍부해야 항상 살맛이 나고, 좋은 생각을 하게 된다.

오늘 나는 하루 종일 가시를 세우고 있었다
그리고 밤에는
가위에 잘려 무더기로 쓰러지는 장미들과 함께
축축한 바닥에 넘어졌다

– 양애경, 〈장미의 날〉 부분

강한 것은 부드럽다. 가시를 세우지 않고도 우리는 잘 살 수 있다.

그림자(어두운 나) 받아들이기

그림자는 우리 자신의 일부이지만 스스로 거부하거나 억압해온 내면이다. 그것이 자아보다 더 큰 에너지를 집적할 경우 분노로 폭발하거나 우울증에 빠지게 된다.
– 로버트 존슨

시골에 살 때였다. 흙이 묻은 고양이를 씻어 주었다. 그런데 가만히 있던 고양이가 갑자기 몸부림을 치며 손등을 할퀴었다.

나도 모르게 고양이를 바닥에 내리쳤다. 내 안에서 화가 화산처럼 폭발했다는 생각을 했다.

고양이가 사지를 뻗으며 죽었다. '아…….' 나는 참담했다. 내 안에 화가 이리도 많다니!

오랫동안 쌓인 화였다. 어릴 적부터 가난하게 자라며, 내 가슴에 켜켜이 쌓인 화가 어느 날 불쑥 밖으로 튀어나온 것이다.

독일의 작가 괴테의 《파우스트》는 이 화에 관한 이야기다. 파우스트 앞에 화가 악마(그림자)가 되어 나타난다.

파우스트가 물었다. "너는 누구냐?" 그러자 악마가 대답했다. "나는 악을 행하지만, 선을 이룩하는 힘의 일부다."

파우스트는 악마를 받아들임으로써 끝내 구원을 받는다. 나는 그 후 오랫동안 나의 악마, 나의 어두운 그림자를 받아들이는 공부를 했다.

되돌아온다 마치 잊은 것이라도 있다는 듯이
추악한 삶보다 끔찍한 것은 추악한 추억

– 김언희, 〈이봐, 오늘 내가〉 부분

추악한 삶은 견딜 수 있다. 하지만 추악한 추억은 견디기 힘들다. 우리가 온몸으로 그를 품을 때까지 나타난다.

당신의 그림자가 울고 있다

환자의 벽장 속에서 해골을 끄집어내는 것은 별로 어렵지 않다. 그림자로부터 황금을 끄집어내는 것은 굉장히 어렵다.
—칼 융

시민단체에서 활동할 때, 빈민의 대부 ㅈ 선생을 처음 만났다. 술자리에서 그분의 카리스마에 압도되어 술잔을 떨어뜨렸다.

어느 날 그분과 함께 전철을 기다릴 때, 그분이 내게 말씀하셨다. "고 선생, 앞으로 크게 되겠어."

그분이 무슨 뜻으로 그런 말씀을 하셨는지 모르겠다. 하지만, 그 후 나는 나도 그분처럼 멋있는 사람이 되어야겠다는 생각을 했다.

내가 만일 그분을 마냥 존경하고 추앙하기만 했다면, 나는 점점 피폐해져 갔을 것이다.

우리의 깊은 마음속에는 꼭꼭 숨겨놓은 나, 그림자가 있다. 거기에는 해골도 있지만, 눈부시게 빛나는 황금이 있다.

우리가 살아가면서 만나는 모든 위대한 사람의 모습들은, 모두 우리 안에 있는 위대함이 밖으로 투사된 것들이다.

길러지는 것은 신비하지 않아요.

– 임길택, 〈나 혼자 자라겠어요〉 부분

가축에게는 슬픈 눈망울이 있다. 한평생 자신의 삶을 누군가에게 의탁하며 살아왔기 때문이다.

사람도 가축이 될 수 있다.

우리는 스스로 자라야 한다. 우리 안에서 솟아올라오는 힘으로 살아가야 한다. 자신의 우주를 만들어가야 한다.

미운 사람들

다른 사람이 내 눈에 거슬리는 점이 무엇인지 살펴보면
나 자신을 더 잘 이해할 수 있다.
– 칼 융

공부 모임의 한 회원이 직장 상사가 너무나 보기 싫다며 직장을 그만두고 싶다고 했다.

나는 슬쩍 물어보았다. "혹시, 그분이 친정 아빠 닮지 않았어요?" 그러자 그녀는 놀란 얼굴로 말했다.

"아, 맞아요. 어떻게 아셨어요?"

그녀는 자신과 남자 형제들을 차별 대우했던 친정 아빠 얘기를 했다. 그녀는 끝내 울음을 터뜨렸다.

어릴 적 상처는 깊고 깊다. 쉽게 사라지지 않는다. 그 상처는 마음 깊은 곳에 꼭꼭 숨는다.

어두운 그림자가 되어 항상 자신을 따라다니게 된다. 그러다 그 상처를 건드리는 사람을 만나게 된다.

그림자가 괴물이 되어 밖으로 뛰쳐나온다. 자신도 모르게 상처를 건드리는 사람에게 분노하게 된다.

사람 나라에는 막무가내 보자기 같은
<사랑>이란 말이 있어 솎아내도 자꾸 싹터오는 미움을
그래도 덮어가며 산다

– 정영선, 〈말들이 마음에 길을 낸다〉 부분

우리가 미워하는 많은 사람이 실은 자신의 어두운 모습이라는 것을 알게 되면, 내면 깊은 곳에서 연민이 올라온다.

자신에 대한 사랑이 남에 대한 사랑이 된다. 사랑이 우리의 길을 열어간다.

완장을 차면

우리는 분노를 잘 다스려 세상을 움직이는
원동력으로 바꿀 수 있다.
– 마하트마 간디

세상의 불의에 대해 비분강개하던 사람이 막상 그 자리에 오르고 나면, 갑자기 변하는 경우를 우리는 많이 본다.

그래서 사람들은 지친다. "그놈이 그놈이야! 오십 보, 백 보야!" 왜 사람은 완장을 차면, 그리도 분노하던 사악한 자의 모습으로 변하는 걸까?

우리는 대통령, 국회의원 같은 힘 있는 사람이 잘못하면 분노한다. 이 분노를 잘 분석해 보아야 한다.

분노 중에는 '그림자 투사'가 있다. 자신도 그들처럼 출세하고 싶은데, 소시민으로 살아가는 자신의 '못난 나'가 그들의 불의에 분노하는 것이다.

이 분노를 계속하게 되면, 마음속의 못난 나가 자꾸만 커진다. 그러다 완장을 차게 되면, 거인이 된 못난 나가 갑자기 밖으로 튀어나온다.

또한, 그림자 투사의 분노가 아닌 '거룩한 분노'가 있다. 우리는 인간의 본성, 인의예지(仁義禮智)에 어긋나는 행동을 보면 분노가 일어난다.

이 거룩한 분노의 마음은 소중히 간직해야 한다. 그림자 투사의 분노는 항상 경계해야 한다. 그렇지 않으면, 미워하다 닮게 된다.

> **깨트려버리고서야 알았습니다. 둥근 돌 속에 감추어진**
> **그 각진 세월이 파랗게 날 세우고 있던 것을.**
>
> – 이승희, 〈돌멩이를 쥐고〉 부분

우리는 둥근 돌멩이, 말 없는 나무들, 무던한 사람들…… 속에 감춰진 시퍼런 분노를 잘 살펴보아야 한다. 이 분노들은 자신과 세상을 다치게 할 수도 있고, 아름답게 할 수도 있다.

온전한 사람을 위하여

나는 선한 사람이 되기보다 온전한 사람이 되고 싶다.

– 칼 융

오늘 공부 모임에서 한 회원이 말했다. "남편이 퇴근하고 집에 오면 항상 폭력물 영화를 봐요."

밤늦게 집에 온 가장이 TV 앞에 앉아 폭력물을 관람하고 있는 모습, 기괴스럽게 보일 것이다.

하지만 이렇게 하지 않으면, 그 남편은 그의 평범한 일상을 견디지 못할 것이다. 회사에서는 선한 회사원이었지만, 인간이 어떻게 계속 선하게 살 수 있는가?

선의 시간만큼 악의 시간을 보내야 한다. 이렇게 하지 않으면, 선한 회사원의 깊은 마음속에 있는 '그림자(어두운 나)'가 밖으로 뛰쳐나오게 된다.

인간은 자기(Self)로 태어나지만, 자아(Ego)로 길러진다. 남자, 여자, 부모, 자식, 학생, 회사원, 공무원, 과장, 사장…….

그럼 자아에 편입되지 못한 마음은 어디로 갈까? 마음속에 꼭꼭 숨겨진다. 이 마음이 그림자다.

폭력물을 보는 회사원은 '선한 사람이 되기보다 온전한 사람'이 되려 TV 앞에서 용맹정진하고 있다.

그래, 한 입으로 두말하게 만드는
너,
정말 누구니?

– 강기원, 〈저녁 어스름처럼 스며든〉 부분

인간은 한평생 한 입으로 두말하며 살아간다. 그래서 늘 죄의식으로 시달린다.

그래서 인생은 고(苦)다. 하지만, 우리는 죄의식 때문에 불행해지지 말아야 한다.

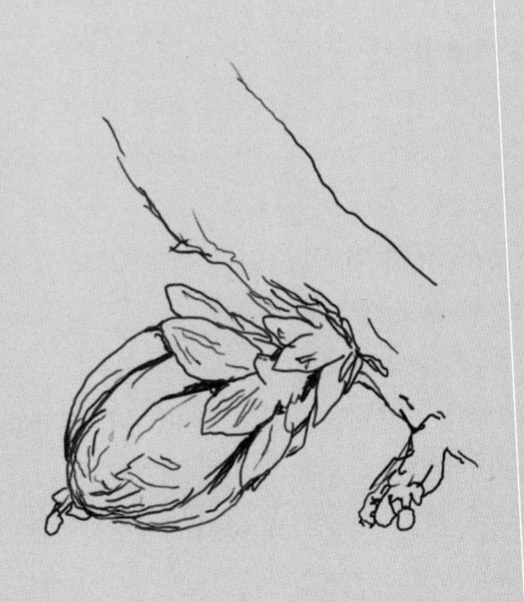

3장

현재를 잡아라

이 세상은
무섭고 어둡고 잔인한 그대로
완전한 황금 연꽃의 세계다.

– 조셉 캠벨

현재를 잡아라

현재에 열중하라. 오직 현재 속에서만
인간은 영원을 알 수 있다.
– 요한 볼프강 폰 괴테

'정신일도하사불성(精神一到何事不成)'이라는 말이 있다. 어떤 일이든 정신을 그 한 곳에 집중하면 이루어지지 않을 일이 없다는 뜻이다.

동물들을 보면, 다들 정신일도하사불성으로 살아가고 있다. 그런데 인간만이 항상 정신이 어수선하다.

그래서 실수도 잦고 사고도 잘 당한다. 인간은 항상 잡념에 시달리며 살아가기 때문이다.

따라서 우리는 의도적으로 정신을 집중하는 연습을 해야 한다. 가장 좋은 방법은 명상(冥想)이다.

명상은 잡념이 사라진 상태의 마음이다. 의식을 단전(丹田, 배꼽 아래 9cm쯤)에 집중하여 편안하게 호흡하면 된다.

일상에서도 하는 일에 집중해야 한다. 의식을 활짝 깨우고 오감을 깨워 일에 집중하면 된다.

그러면 차츰 현재에 머물게 된다. 현재에 마음이 머물게 되면, 충만해진다. 충만한 마음으로 살아가면, 과거의 모든 상처는 더는 상처가 아니게 된다.

중년이었는데, 나는 스무 살이기를 원했다.
젊음, 그리고 자유로운 정신.

– 제이슨 리이만, 〈현재 시제〉 부분

인생의 어느 나이건, '현재 시제'에 머무는 정신은 눈부시게 빛난다.

찰나가 영원이다. 시간이 분수처럼 하늘로 솟구쳐오르는 기적이 일어나게 된다.

찰나가 영원이다

현재 속에 사는 사람은 영원히 사는 것이다.

– 루트비히 비트겐슈타인

알베르 카뮈의 소설 《이방인》에서 주인공 뫼르소는 사형 선고를 받고 감방에 갇히게 된다. 그는 체념하게 된다.

그때 놀라운 일이 벌어진다. 작은 창으로 보이는 밤하늘에 별들이 눈부시게 빛났다.

죽음을 완전히 받아들이자, 삶이 눈부시게 빛나게 된 것이다. 죽음을 받아들이면, 그 무엇도 두렵지 않게 될 것이다.

그때 우리는 카르페 디엠, 온전히 현재에 머물 수 있게 될 것이다. 현재는 시간이 아니다.

시간 자체가 없는 상태, 깊은 명상 상태다. 자신을 완전히 버렸을 때 경험할 수 있다.

인간의 몸은 물질이지만, 완전히 자신을 버리게 되면, 현대 양자물리학에서 말하는 에너지장으로 들어가게 된다.

영원한 파동이 있을 뿐이다. 종교에서 말하는 천국(天國)이다. 영원한 생명만 있는 삶이다.

다시 올까?
나와 네 외로운 마음이,
지금처럼
순하게 겹친 이 순간이

– 천상병, 〈들국화〉 부분

'다시 올까?' 분명히 다시 온다. 이것을 니체는 영원회귀라고 했다. 이 순간이 영원한 찰나다.

묵묵히 바라보기

어떤 존재도 인연으로 생겨나지 않는 것은 없다.
그러므로 어떠한 존재도 공(空)하지 않은 것이 없다.
공한 것이니 이름뿐이다.
– 나가르주나

마음이 아플 때, 묵묵히 자신의 아픈 마음을 들여다보면 어떻게 될까? 어느 순간, 아픈 마음이 안개처럼 사라지게 된다.

왜? 아픈 마음은 흡사 호수의 물과 같기 때문이다. 바람이 불어와 일어난 파도는 잠시 후 사라지게 되어있는 것이다.

삼라만상이 다 그렇다. 저기 보이는 나무도 언젠가는 사라지게 된다. 큰 산도 언젠가는 사라질 것이다.

샤워하다 무심히 바라보게 된 나의 몸, 언젠가는 사라질 것이다. 사라진다고 생각하면 무섭고 허망하지만, 그냥 무심히 바라보게 되면, 어떤 풍경을 보듯 담담하다.

나는 묵묵히 바라보는 '나'일 뿐이다. 오로지 나의 마음이 있을 뿐이다. 삼라만상은 이름일 뿐이다.

따라서 우리는 항상 묵묵히 바라보기를 해야 한다. 묵묵히 바라보게 되면, 우리의 과거의 마음이 아닌 '현재의 마음'으로만 세상을 보게 된다.

현재의 마음은 거울처럼 맑디맑다. 삼라만상이 그대로 비친다. 나와 이 세상이 하나다.

산뽕닢에 빗방울이 친다
멧비둘기가 난다

– 백석, 〈산비〉 부분

'산뽕닢에 빗방울이 친다' 그때 마침, 멧비둘기가 난다.

그때 마침, 시인이 이 모든 것을 보고 있다. 이 세상은 하나로 어우러진다.

아이는 어른의 아버지

어린아이는 순수이며 망각이다. 새로운 시작이며 유희이다. 스스로 굴러가는 바퀴이며 최초의 운동이자 하나의 신성한 긍정이다.

– 프리드리히 니체

두 아이를 데리고 중앙박물관에 갔다. 아래층으로 내려가다 조선 시대의 서예관을 만났다.

오! 재미있는 생각이 떠올랐다.

두 아이에게 말했다. "얘들아, 저기 붓글씨 작품 전시한 것들 보이지? 죽 둘러보다가 너희들이 최고 잘 쓴 글씨라고 생각하는 작품 아래에 서 봐!"

두 아이는 키득거리며 작품들을 둘러보았다. 그러더니, 한 작품 아래에 두 아이가 빙그레 미소 지으며 서 있다.

아, 나는 경악했다. 아이들 머리 위의 작품은 추사 김정희 선생의 글씨가 아닌가!

나는 온몸이 떨렸다. 아이들이 설령 김정희라는 서예가를 알았더라도, 김정희라는 이름의 한자를 알았을 리는 없을 텐데.

초등학교 2학년 큰아이와 다섯 살배기 막내둥이가 어떻게 조선 최고의 서예 작품을 알아보았단 말인가!

아이는 어른의 아버지
내 하루하루가
자연의 숭고함 속에 있기를

– 윌리엄 워즈워스, 〈무지개〉 부분

우리 안에는 '영원한 아이'가 산다.

무지개를 보면 언제고 가슴이 뛰는 마음이다. 이 마음을 고이 간직하면, 우리는 영원과 하나가 된다.

인간은 곧 상상력이다

너의 영감과 상상을 꺼뜨리지 말아야 한다.

스스로를 자신의 틀에 가두지 않길 바란다.

– 반 고흐

시골에 막 내려갔을 때였다. 아내는 학교로 출근하고, 여덟 살 큰아이도 학교에 가고, 백수인 나와 네 살배기 작은아이만 집에 덩그러니 남았다.

그런데, 작은아이가 보이지 않았다. '어디 갔지 이 녀석이?' 방을 나와 여기저기 둘러 보았다.

녀석이 어둑한 헛간 구석에서 과자를 먹고 있었다. 나는 가슴을 쓸어내리며 작은 아이에게 말했다. "지웅아! 과자 많이 먹으면 이 썩어!"

그러자 작은 아이가 왼손에 든 과자 봉지를 오른손 새끼손가락으로 가리키며 말했다. “이건 빱이야! 이건 빱이야!”

과자가 밥이란다. ‘헉, 이 녀석이?’ 나는 작은아이를 꼭 껴안으며 크게 웃었다. 아이는 영문을 몰라 눈망울을 크게 뜨고 이리저리 굴렸다.

과자를 못 먹게 하니, 과자를 밥이라고 우겨 먹겠다는 작은아이. 옛날 배고프던 시절, 아이들은 “모래알로 떡 해놓고/ 조약돌로 소반 지어” 냠냠 떡을 먹었다.

모래알이 떡이 되고, 과자가 밥이 된다. 작은아이에게까지 면면히 이어져 오는 인간의 위대한 상상력!

> **젊음은 인생의 한 시기가 아니라 마음의 상태이다.**
> **(…)**
> **그것은 의지와 상상력이며 활력이 넘치는 감성이다.**

— 사무엘 울먼, 〈젊음〉 부분

상상력만 지닐 수 있다면, 우리는 한평생 젊게 살 수 있다. 매 순간, 마법을 일으키며.

나는 모른다

진정한 지혜는 아무것도 모른다는 것을
알고 있을 때 얻을 수 있다.
– 소크라테스

《장자》에 나오는 이야기, 제나라 환공이 책을 읽는데 수레바퀴를 깎는 노인이 물었다. "지금 어떤 책을 읽고 계십니까?"

환공이 대답했다. "옛 성인의 말씀이네." 노인이 말했다. "그러면 성인이 남긴 찌꺼기를 읽고 계시는군요."

환공이 발끈하자 노인이 말했다.

"바퀴를 만들 때 너무 헐거워도, 너무 빡빡해도 굴러가지 않습니다. 이것은 말로 표현할 수가 없습니다. 성인들도 아는 것은 전하지 못했을 터이니, 공께서 읽는 책은 그들의 찌꺼기에 불과하지요."

우리는 다양한 지식을 배웠다. 다 찌꺼기들이다. 스스로 깨치지 못한 지식은 삶에 방해가 될 뿐이다.

우리는 자신이 알고 있다고 생각하는 것들을 내려놓아야 한다. 텅 빈 마음으로 배워야 한다.

이 세상에는 수레바퀴 깎는 노인처럼 자신의 분야에서 일가를 이룬 사람들이 참으로 많다.

내가 아무것도 아니라고 느낄 때
비로소 아무것도 아닌 것에서
무엇이든 다시 시작하리라

– 신현림, 〈아무것도 아니었지〉 부분

'내가 아무것도 아니라고 느낄 때' 우리는 말간 거울이 된다.

이 세상이 훤히 비친다. 인생의 매 순간은 새로운 시작이다.

고독을 위하여

인간의 모든 불행은 홀로 조용한 방에 머물 수 없다는 단 한 가지 사실에서 비롯된다.

– 블레즈 파스칼

인간은 누구나 혼자 있게 되면, 외로움을 느끼게 된다. 인간은 사회적 동물이기 때문이다.

하지만, 현대 사회에서는 인간은 각자 홀로 살아갈 수 있는 단독자가 되어야 한다. 단독자는 홀로이면서 함께 사는 인간이다.

따라서 우리는 고독의 힘을 길러야 한다. 외로울 때는 마음을 고요히 해야 한다. 이 마음 훈련을 계속하게 되면, 혼자 있어도 서서히 충만감을 느끼게 된다.

또한, 우리는 과거의 아픔에서 벗어나야 한다. 어떤 과거의 아픔이 몰려올 때는, 그 아픔을 조용히 보는 마음 훈련을 해야 한다.

아파하는 마음을 고요히 보고 있으면, 서서히 마음이 가라앉게 된다. 우리의 본래 마음(본성, Self)은 커다란 바다처럼 무한하기 때문이다.

충만한 마음이 되면, 남들과 잘 살아갈 수 있다. 외로움을 극복하지 못하면, 남에게 자꾸만 의존하게 된다.

괜찮아
어떤 경우에도
나는 나와 함께이니까

– 김선우, 〈외로움에 대하여〉 부분

마음을 고요히 하면, 우리 안에서 자기(참나, Self)가 깨어난다. 우주만큼 큰 나와 함께 있게 된다.

이 자기는 우리 안의 신(神)이다. 이 신의 말씀에 따라 살아가면, 우리는 아주 멋진 인생을 살아갈 수 있다.

애쓰지 마라

아무것도 하지 않으면서, 하지 않는 것이 없다.
(무위이무불위, 無爲而無不爲)
– 노자

조조의 100만 대군이 쳐들어온다는 말에, 작은 나라인 촉과 오는 경악했다. 최고의 전략가 제갈공명은 어떻게 대처할까?

그는 며칠 동안 호수의 물만 들여다보았다.

어느 순간, 그의 깊은 내면에서 한 글자가 떠올라왔다. '화(火)' 촉과 오의 연합군은 화공(火攻)으로 조조의 100만 대군을 격파했다.

우리 안에는 '자기(自己, Self)'가 살고 있다. 그는 '우주만큼 큰 나'다. 우리가 깊은 내면으로 침잠하면 그를 만날 수 있다.

우리가 나라고 생각하는 '자아(自我, Ego)'는 아주 작다. 이 자아는 자신을 중심으로 세상을 본다.

자아는 자신만의 이익에 연연하기에, 지혜롭지 못하다. 따라서 우리는 평소에 자기의 명령을 들으며 살아가야 한다.

그러면 애쓰지 않으면서도, 항상 행운이 따라온다. 역사에 이름을 남긴 사람들, 당대에 성공한 사람들은 이런 사람들이다.

이때 나는 내 뜻이며 힘으로, 나를 이끌어가는 것이
힘든 일인 것을 생각하고,
이것들보다 더 크고, 높은 것이 있어서, 나를 마음대로
굴려 가는 것을 생각하는 것인데,

— 백석, 〈남신의주유동박시봉방〉 부분

시인은 오랫동안 방황하며 인생의 비밀을 깨닫게 된다.

'내 뜻과 힘보다 더 크고 높은 것이 있어서, 나를 마음대로 굴려 가는 것'을.

병 속의 새

나의 세계의 한계는 나의 언어의 한계다.

– 루트비히 비트겐슈타인

소설가 김성동의 《만다라》에는 '병 속의 새'라는 화두가 등장한다.

"어린 새를 병 속에 넣었는데, 이제 어미 새가 되었다. 병을 깨지도 말고 새를 죽이지도 말고 새를 꺼내 보라!"

우리는 살아가면서 어떤 세계에 갇혀 있는 느낌이 들 때가 있을 것이다. 그 세계는 자신의 언어의 세계다.

삼종지도(三從之道)라는 봉건적인 언어로 살아가는 사람은 세상의 모든 여자가 아버지, 남편, 아들에게 복종하기를 바랄 것이다.

하지만, 그가 그런 언어를 버리고 '여자도 인간'이라는 언어를 갖게 되는 순간, 그는 자신이 갇힌 병을 깨지 않고 밖으로 나올 수 있을 것이다.

누구나 멋진 인생을 살고 싶어 한다. 그러려면, 새로운 언어를 익혀야 한다. 자신을 자유롭게 하는 언어를.

인간은 누구나 자유롭게 이 세상에 태어나 자유롭게 살아갈 수 있는 고귀한 존재이기에.

채소 파는 아줌마에게
이렇게 물어보기

희망 한 단에 얼마예요?

– 김강태, 〈돌아오는 길〉 부분

채소 파는 아줌마에게 "희망 한 단에 얼마예요?" 하고 물어보자.

그녀는 웃으며, 그냥 희망 한 단을 줄 것이다.

인간은 자유(自由)다

인간은 자유로우며 인간이 어떠한 것이 될 것인가는
앞으로 그들이 자유로이 결정할 것이다.
– 장 폴 사르트르

작은아이가 어쩔 수 없이 재수하겠다고 했다. ㅊ 재수 종합반에 처음 보내던 날은 조마조마했다.

잘 지내고 있을까? 밤 이슥해서 아이가 돌아왔을 때, 아이의 표정은 딱딱하게 굳어 있었다.

아이를 따라 방에 들어가자 아이는 침대에 앉아 허공을 쳐다보았다. "사람을 가둬놓고……."

아이의 붉게 충혈된 두 눈에서 눈물이 주르르 흘러내렸다. 나는 가슴이 미어졌다. '아, 어떻게 해야 하나?'

다음 날 아침, 아이는 힘없이 학원에 갔다. 다행히 ㅅ 대학 수학과 추가 모집에 합격했다는 연락이 왔다.

아이는 다시 야성으로 돌아갔다. 아이는 그 뒤 자신의 인생을 자유로이 구성해 갔다.

말하기 달콤하고 멋진
자유(Freedom)와 같은 말들이 있다.
자유는 온종일
내 심금을 울린다.

– 랭스턴 휴즈, 〈자유와 같은 말들〉 부분

인간은 자유다. 스스로 삶을 구성해 가야 한다.

깊은 내면에서 솟아오르는 생(生)의 의지가 향하는 곳으로 가야 한다. 행운의 여신들이 함께한다.

4장

인간에 대한 믿음

모든 이론은 회색이고,
오직 영원한 것은
저 푸른 생명의 나무다.

– 요한 볼프강 폰 괴테

인간에 대한 믿음

우리는 영적인 경험을 하는 인간이 아니다.

우리는 인간 경험을 하는 영적인 존재이다.

– 테야르 드 샤르댕

어제 고가도로를 올라가는데, 한 할머니가 내게 손수레를 저 위까지 올려달라고 부탁했다.

순간 나는 주위를 둘러보았다. 얼마 전에 본 영화가 생각났기 때문이다. 한 젊은이가 손수레를 끌고 가는 할머니를 도와주었다가 할머니에게 당한 슬픈 이야기.

'설마 이 대낮에…….' 나는 할머니의 손수레를 고가도로 위까지 끌고 올라갔다. 이런 소소한 도움조차 주기가 두려운 세상이다.

어떤 상상조차 하지 못한 덫에 걸릴지 모르니까. 그렇다고 무조건 사람을 의심부터 하고, 전혀 남을 도와주지 않고 살아가면, 우리의 영혼이 망가진다.

영혼(Self)이 망가지면, 우리의 삶 전체가 무너진다. 인간은 영적인 존재이니까. 영혼이 우리의 본질이니까.

인간의 영혼은 전 우주만큼 고귀하다. 우리는 영혼은 완전히 믿을 수 있다. 하지만 우리의 자아(Ego)는 믿기 힘들다.

자아는 '세상에서 만들어진 나'이기에, 언제든지 자신의 이익을 위해 악마가 될 수 있다. 우리는 이 자아를 항상 경계해야 한다.

비 앞에 가만히 멈춰선
텅 빈 그녀의 얼굴 속에서
그녀의 영혼이 비를 맞고 있다

— 황인숙, 〈비야, 그녀를 아물게 해라〉 부분

사람들을 가만히 살펴보면, 영혼이 보일 때가 있다. 가장 힘들 때다. 그때 우리는 하나가 된다. 우리는 이 순간들을 잊지 말아야 한다.

평등 1

인간은 평등하다. 그러나 태생이 아닌
미덕이 차이를 만든다.
– 볼테르

일곱 살배기 큰아이가 손가락을 다쳐 밴드를 붙여주었다. 세 살배기 작은아이가 자기도 밴드를 붙여달라고 보챘다.

"지웅아, 형아는 손가락을 다쳐서 붙인 거야!"

며칠이 지난 어느 날, 세 살배기 작은 아이가 칼로 연필을 깎다가 손가락을 베었다.

휴지로 피를 닦아주고, 밴드를 붙여주었다. 작은아이는 피가 나는데도 울지도 않고 싱글벙글 웃고 있었다.

'드디어 나도 밴드 붙였단 말이야!'

두 아이가 이제 30대가 되었다. 가슴에는 여전히 평등이 뜨겁게 자리 잡고 있을 것이다.

세상의 불평등에 분노가 일지도 모른다. 하지만, 우리는 각자의 미덕을 최대한 발휘하며 모두 '위너(승자)'가 되어 살아가야 한다.

그 미덕으로 서로의 차이를 만들고, 서로 존중하는 세상을 만들어가야 한다. 우리 모두 사랑 가득한 평등한 세상을 꿈꾸어야 한다.

마치, 누구의 가난만은
하늘과 평등했음을 기념하듯이.

– 서정춘, 〈수평선 보며〉 부분

나는 모두 가난했지만, 모두 행복했던 어린 시절을 기억하고 있다.

어른이 되어서는 의식주 풍부한 세상에 살고 있다. 하지만 늘 목이 마르다.

평등 2

우리는 다르게 태어났지만,
모두가 똑같은 권리를 가지고 있다.
– 넬슨 만델라

일곱 살배기 큰아이가 바닥에 배를 깔고 엎드려 백지에 그림을 그리고 있다. 곁에서 저도 배를 깔고 엎드려 큰아이의 그림을 흘깃흘깃 보는 세 살배기 작은아이.

백지에 줄을 죽죽 긋는다.

큰아이가 작은 아이를 돌아보며 크게 소리친다.

"따라 하지 마!"

작은아이도 지지 않고 대거리한다.

"하짐마!"

소리치고 받아치고 소리치고 받아치고…… 큰아이는 손으로 그림을 가리며 그리고, 작은아이는 그림 그리기를 포기하고 멀뚱히 다른 데를 본다.

연봉 차이가 큰 운동팀의 성적이 저조하다고 한다. 불평등한 대접을 받는다고 생각하는 선수가 최고의 기량을 발휘할 순 없을 것이다.

인간은 사회적 동물이라, 사회 속에서의 존재감이 생명만큼 중요하다. 인간은 평등의 가치를 잃을 때, 짐승이 된다.

> 우리 모두 서로가 서로에게 푸른 하늘이 되는
> 그런 세상이고 싶다
>
> – 박노해, 〈하늘〉 부분

우리는 민(民)이 주(主)가 되는 민주주의(民主主義) 사회에서 살아가고 있다. 민주주의는 우리 모두 힘을 모아 추구해야 할 인류의 가장 아름다운 가치다. 지구상에서 잘 사는 나라들은 한결같이 평등 지수가 높다.

자리이타(自利利他)

스스로의 이익을 추구하는 것은
사회 전체의 이익을 추구하는 것과 같다.
– 애덤 스미스

가을에 툭툭 낙엽을 떨어뜨리는 나무들, 땅은 그 낙엽을 영양분으로 삼는다. 이 영양분은 다음 해의 봄에 나무들의 영양분이 된다.

삼라만상을 잘 살펴보면, 서로 주고받으며 살아간다. 자신의 이익과 남의 이익이 하나다.

근대 경제학의 아버지 애덤 스미스는 각자의 이익 추구가 사회 전체의 이익이 된다고 했다.

언뜻 보면, 각 개인의 이익 추구는 나쁜 것 같다. 그래서 우리는 이기주의를 나쁘게 생각한다.

하지만 곰곰이 따져보면, 모든 생명체는 이기주의자로 태어난다. 각자의 이익을 추구하는데, 천지자연은 어찌 이리도 아름다운가!

애덤 스미스는 경제학자 이전에 철학자였다. 그는 인간의 본성(Self), 타고난 마음에 천지자연의 지혜가 있다는 것을 알았다.

우리는 항상 본성의 소리를 들으며 살아야 한다. 그러면 나의 이익과 남의 이익이 하나가 된다.

슬프다
내가 사랑했던 자리마다
모두 폐허다

– 황지우, 〈뼈아픈 후회〉 부분

시인은 자신이 사랑했던 자리마다 모두 폐허임을 깨닫는다. 선부른 사랑, 이타주의는 상대방을 죽이게 된다. 우리는 이렇게 참회하며 성장해야 한다.

행복은 어디서 오는가?

행복은 무의식 속에서 작동하는 대칭성의 원리가
가장 중요한 역할을 한다.
— 나카자와 신이치

뉴기니의 원주민에게 축구를 가르쳐 주자 그들은 양 팀의 승부가 똑같아질 때까지 계속 경기를 했다고 한다.

우리 문명인의 마음 깊은 곳에도 이러한 '대칭적 사고'가 있다. 나와 너, 인간과 동물, 문명과 자연…… 서로 대립하는 것들을 대등하게 보는 사고방식이다.

이러한 사고방식에서 시(詩)가 나온다. 내 마음이 호수가 된다. 서로 대등하게 하나로 어우러진다.

인류는 오랫동안 이러한 사고에 의해 수만 년을 평화롭게 살아왔다. 그러다 농업 혁명이 일어나고 철기가 등장하면서, 대칭

성은 깨지게 되었다.

내가 다른 사람보다 우월하게 되고, 문명이 자연보다 우월하게 되었다. 수많은 전쟁과 테러가 일어나고, 급기야 기후 위기 등 인류는 종말의 위기에 처하게 되었다.

비대칭적 사고에서는 행복이 내면에서 올라오지 않는다. 그래서 외부에서 자극적인 쾌락을 찾게 된다.

쾌락은 더 자극적인 것을 찾게 된다. 인간의 내면은 점점 공허하게 되었다. 겉은 화려한데, 속은 페허다.

사월은 가장 잔인한 달

– 토머스 엘리엇, 〈황무지〉 부분

원시인들은 문화를 이루고 살았지만, 자연을 경배했다. 문화와 자연은 아름답게 공존했다.

이제 해마다 4월이 되어 온갖 생명이 피어나도, 현대 문명사회는 여전히 황무지다.

사촌이 땅을 사면 배가 아프다

친구는 모든 것을 나눈다.
– 플라톤

오래전 초등학교 방과 후 글쓰기 강사를 할 때, 아이들에게 '사촌이 땅을 사면 배가 아프다'라는 속담을 현대에 맞게 바꿔 보라고 했다.

아이들은 까르르 웃으며 '사촌이 상을 받으면 배가 아프다'라고 했다. 왜 사촌이 잘되었는데, 함께 기뻐할 수 없을까?

둘의 관계가 진정한 친구가 되지 못해서일 것이다. 사촌 관계인 두 사람을 생각해보자.

한 사람은 공부를 잘하고 한 사람은 농사를 잘 짓는다면, 두 사람의 관계는 앞으로 어떻게 될까?

두 사람 모두 우리 사회가 충분한 대우를 해준다면, 두 사람은 좋은 친구가 될 수 있을 것이다.

사촌이 상을 받거나 땅을 사면 밥을 안 먹어도 배가 부를 것이다. 하지만, 우리 사회는 공부 잘하는 사촌만 대우해주지 않는가?

이럴 때 공부 잘하는 사촌이 잘되면, 다른 사촌이 함께 기뻐해 줄 수 있는가? 사람은 누구나 자신의 잘난 맛에 산다.

만나면 그저 반가울 뿐
서로가 별로 쓸모없는 친구로
어느새 마흔다섯 해 우리는
앞으로도 그렇게 살아갈 것이다.

– 김광규, 〈쓸모없는 친구〉 부분

만나면 그저 반가운 친구, '쓸모없는 친구' 이런 친구가 있는 시인이 한없이 부럽다.

임금님은 벌거숭이

생각하지 말고 보라.

– 루트비히 비트겐슈타인

덴마크의 작가 한스 안데르센이 지은 〈벌거숭이 임금님〉은 우리에게 커다란 지혜를 보여준다.

어느 날 벌거숭이 임금님이 행진하고 있었다. 한 아이가 소리쳤다. “임금님은 벌거숭이다!”

아이의 말에 어른들은 화들짝 깨어났을 것이다. “헉! 임금님은 벌거숭이네.” 비로소 어른들의 눈에 벌거숭이 임금님이 그대로 보였을 것이다.

인간은 ‘호모 사피엔스(생각하는 동물)’로 진화한 이래, 이 세상을 ‘생각’으로 본다. ‘설마 임금님이 벌거숭이일 리가 있겠어?’

이 생각이 우리의 눈을 가린다. 나도 생각 때문에 몇 번 당했다. 항상 100% 믿은 사람들에게서 금전적 피해를 보았다.

내가 만일 '생각 없이' 보았다면, 당하지 않았을 것이다. 우리의 몸은 다 알고 있다.

몸은 이 세상을 그대로 본다. 사기 치는 사람에게서 오는 나쁜 기운을 그대로 감지한다.

오! 육체는 슬퍼라, 그리고 나는 모든 책을
다 읽었노라.
떠나버리자, 저 멀리 떠나버리자.

— 스테판 말라르메, 〈바다의 미풍〉 부분

육체는 슬프다. 모든 책을 다 읽어서 그렇다.

'떠나버리자, 저 멀리 떠나버리자.' 바다의 미풍을 타고. 바다에서 말갛게 몸을 씻고, 다시 태어나자!

각자 알아서 하기

자유는 스스로를 잃지 않고서는 얻을 수 없다.
– 윌리엄 셰익스피어

큰아이가 8살, 작은아이가 4살 때 시골로 이사를 했다. 작은 시골 마을에서 아이들을 기르고 싶었다.

작은 시골 마을은 하나의 세계다. 거기에서는 각자 알아서 한다. 아이들에게 '각자 알아서 하는 힘'을 깨워주고 싶었다.

하나와 여럿이 아름답게 어우러지는 세상, 모든 사회 구성원이 자유(自由)로운 세상이다.

자유는 자신(自)에게서 자신의 삶이 나오는(由) 삶의 태도를 말한다. 모든 사람이 자유를 원한다.

하지만 많은 사람이 자유롭게 살지 못한다. 자신의 삶을 스스로 만들어가지 못하기 때문이다.

'각자 자유로우면서도 더불어 사는 세상'이 되려면, 우리는 어릴 적부터 함께 어울려 놀며 '작은 나(Ego)'를 잊고 '큰 나(Self)'가 깨어나는 체험을 해야 한다.

그리하여 마음속의 큰 나를 항상 가슴에 품고 좋은 가정, 좋은 직장, 좋은 사회를 꾸려갈 수 있어야 한다.

더 이상 행운을 찾지 않으리. 나 자신이 행운이므로.
...기분 차고 만족스레 나는 열린 길로 여행한다...

– 월트 휘트먼, 〈열린 길의 노래〉 부분

작은 나로 살아가면 사방이 막혀 있다. 한 치 앞이 보이지 않는 컴컴한 삶이다.

하지만, 큰 나가 이끌어가는 삶은 사방이 열려있다. 언제나 내 안에서 힘이 솟아오른다.

경험은 최고의 스승이다

나는 내 발걸음을 이끌어주는 유일한 등불을 알고 있다.
그것은 경험이라는 등불이다.
– 페트릭 헨리

그리스의 소설가 니코스 카잔차키스의 《그리스인 조르바》에는 다음과 같은 구절이 나온다.

'참을성 있게 햇빛 아래에서 날개가 펴지기를 기다려야만 했다. (…) 내가 불어 넣은 숨이 나비로 하여금 정해진 시간보다 일찍, 쪼그라진 채 미숙아로 나오도록 강요한 것이다. 그 나비는 절망적으로 몸부림치다, 얼마 견디지 못하고 죽어갔다.'

나비에 대한 사랑이 오히려 그를 죽게 했다. 다 때가 있는 것이다. 우리는 기다릴 줄 알아야 한다.

삼라만상은 한 치의 어긋남도 없는 법칙에 따라 움직인다.

사랑을 위해, 우리는 그 법칙을 알아야 한다.

사람은 누구나 남을 도와주는 삶을 살고 싶어 한다. 나쁘게 살고 싶어 하는 사람은 없다.

하지만, 이 마음만으로 남을 도와주다가는 오히려 그를 힘들게 한다. 따라서 우리는 항상 자신의 성숙을 위해 용맹정진해야 한다.

수많은 경험을 통해 지혜를 얻어야 한다. 따라서 우리는 항상 독수리의 눈으로 세상을 바라보아야 한다.

해보는 수밖에

— 에리히 캐스트너, 〈틀림없는 교훈〉 부분

사람은 겪지 않고는 지혜를 얻을 수가 없다. 실패와 실수를 두려워하지 말자.

머리로 배운 것은 오히려 삶을 방해한다.

성(性)과 사랑

사랑은 휴식처가 아니라 함께 참여하고 성장하는 것이다.

– 에리히 프롬

아주 오래전에 한 프랑스 영화를 본 적이 있다. 제목은 기억이 나지 않는다. 어릴 적 헤어진 남매가 성인이 되어 다시 만난다.

서로에 대한 애틋한 그리움을 갖고 십여 년 만에 만난 남매, 그들은 어떻게 서로의 마음을 나눌 수 있을까?

그들은 결국 섹스를 하게 된다. 근친상간 금지라는 인류의 원초적인 금기를 어기는 남매, 하지만 전혀 추해 보이거나 거부감이 들지 않았다.

오히려 아름다웠다. 인간의 최고의 소통은 섹스라는 생각이 들었다. 너무나 사랑하는 사람이 만나 그 벅찬 마음을 어떻게 나눌 수 있겠는가?

그 마음을 말로 다 할 수 있을까? 동물은 후손을 남기기 위해 섹스를 한다. 하지만 인간의 성은 최고의 '마음 나눔'이 된다.

인도의 사원에는 섹스 장면의 조각품이 많다. 그들의 표정은 성(聖)스럽다. 남녀의 합일이 도(道)에 이른 것이다.

섹스가 단지 쾌락의 추구가 되어서는 안 된다. 서로의 마음이 하나가 되고, 나아가 서로의 사랑이 깨어나는 아름다운 시간이 되어야 한다.

제 곡조를 못 이기는 사랑의 노래는 님의 침묵을
휩싸고 돕니다

– 한용운, 〈님의 침묵〉 부분

여연화라는 여인과 뜨거운 사랑을 나눈 승려 시인, 그에게 그녀는 누구일까?

여연화라는 님은 조국이 되고, 부처가 되었다. 시인의 가슴에 제 곡조를 못 이기는 사랑의 노래가 '님의 침묵'을 휩싸고 돈다.

5장
아름다움이 인류를 구원하리라

생각하면 할수록
점점 더 큰 경탄과 외경으로 내 마음을 채우는 것은
별이 빛나는 하늘과 내 가슴 속 도덕률이다.

– 임마누엘 칸트

아름다움이 인류를 구원하리라

무관심한 관심에서 미(美)적인 것은 탄생한다.
– 임마누엘 칸트

인터넷을 여행하다가 마주친 ㅎ 신문 기사 제목, '강남역 인근 건물 옥상에서 여자친구를 흉기로 살해한 20대 남성은 수능 만점 의대생'

수능 만점 의대생, 다들 그의 앞엔 꽃길이 환하게 놓여있었으리라고 생각했을 것이다.

그런데, 그는 한순간에 천 길 낭떠러지로 추락했다. 무엇이 그를 이렇게 만들었을까?

머리에 가득한 온갖 지식이 추락하는 그에게 전혀 날개가 되어 주지 못했단 말인가?

독일의 위대한 철학자 칸트는 근대산업사회의 '이성(理性)적 인간'에 대해 많은 고민을 했다.

이성으로 완전 무장을 한 인간이 선(善)하게 살아갈 수 있을까? 그 의대생의 이성은 여자친구에게 분노했을 때, 분명히 알았을 것이다. '내가 이러면 안 돼! 멈춰야 해!' 하지만 그는 멈추지 못했다. 인간은 이성적 존재가 아니기 때문이다.

지금의 자리에서 한 발 살짝 물러서거나 아니면
한 발 더 다가서면
보일지도 모릅니다. 그동안 보지 못했던
전혀 새로운 아름다움이 말이죠..
숨겨진 아름다움을 발견하는 그 순간..
사랑은 시작될 겁니다.

– 황동규, 〈추락하는 것은 날개가 있다〉 부분

적당한 거리를 두고 무심히 볼 것! 그러면, 숨겨진 아름다움을 발견하게 된다.

그때 사랑이 시작된다. 우리의 어깻죽지에서 날개가 솟아 나온다.

귀가 얇다

경험은 가장 훌륭한 스승이다. 다만 학비가 비쌀 따름이다.
– 토마스 칼라일

어릴 적 아버지께서 내게 자주 말씀하셨다. "너는 귀가 얇아!" 하지만 나는 흘려들었다.

그러다 믿었던 사람들에게 몇 번 당하고 나서야 깨닫게 되었다. 나의 귀는 팔랑귀였다.

나는 사람을 두 부류로 나눴다. '좋은 사람과 나쁜 사람' 좋은 사람의 말은 다 믿었다.

항상 100% 믿었던 사람들에게 당했다. 나는 한탄하게 되었다. '나는 사람 보는 눈이 없구나!'

사람을 '좋은 사람과 나쁜 사람'으로 나누는 건, 유아적(幼兒

的)인 사고다. 어린아이는 약하기에 자신에게 잘해주는 사람을 좋은 사람이라고 생각한다.

하지만, 어른이 되면 사람 보는 눈이 달라져야 한다. 자신에게 잘해주는 것으로 사람을 나누지 말아야 한다.

좋은 사람과 나쁜 사람은 정해져 있지 않다. 자신이 처한 상황에 따라, 자신에게 좋은 사람과 나쁜 사람이 정해진다.

얼어붙은 호수는 아무것도 비추지 않는다
불빛도 산 그림자도 잃어버렸다

— 나희덕, 〈천장호에서〉 부분

사람들에게 당하다 보면 마음이 얼어붙게 된다.

항상 마음을 호수처럼 맑게 해야 한다. 다른 사람의 마음을 훤히 비추고, 그들의 숨결 따라 찰랑거릴 수 있어야 한다.

가스라이팅 세상

사람은 삶을 창조하지 못하면 파괴하지 않을 수 없기 때문에 모든 사람은 파괴적이고 가학적인 폭력에 대한 잠재력을 갖고 있다. – 에리히 프롬

최근에 우리 사회에 유행한 말이 '가스라이팅'일 것이다. 가스라이팅(Gaslighting)이란 말은 1938년 영국에서 상영된 연극 〈가스등 Gaslight〉에서 유래했다고 한다.

그레고리는 거액의 유산을 상속받은 폴라에게 접근하여 결혼한다. 그는 폴라가 자신이 선물한 브로치를 잃어버린 후 기억하지 못하는 것처럼 꾸민다.

이와 유사한 일들이 반복되자 사랑하는 남편을 믿은 폴라는 점차 자신의 기억력을 의심하기 시작하고 불안에 빠지게 된다.

불안은 영혼을 잠식한다고 하지 않는가? 그녀의 영혼은 점차 피폐해지기 시작한다. 그녀의 문제는 무엇이었을까?

남편을 쉽게 믿은 게 잘못이었을까? 그러면 우리는 항상 남을 의심하고 살아야 하나? 그녀의 문제는 '자신의 삶을 창조하지 않은 것'이다.

자신의 세계를 만들어가자. 주인의 삶은 찬란한 기쁨이다. 주인의 삶을 살지 못하면, 누군가를 파괴하거나 누군가에게 파괴당해야 한다.

사랑도, 눈물도, 진짜가 아닌 것 같애,
(…)
그런 비슷한 것들이 나 비슷한 것들을
감싸고

– 김승희, 〈떠도는 환유 5〉 부분

세상은 거대한 매트릭스다. 우리는 숫자와 기호가 되어 떠돈다.

'도무지 살아 있는 것 같지 않아.' 마구 칼을 휘두르거나 강물에 몸을 던져야 비로소 살아 있는 것 같다.

우정

우정이란 두 개의 영혼이 한 몸에 깃들인 것이다.

– 아리스토텔레스

아내와 함께 여섯 살배기 큰아이를 데리고 평소에 알고 지내던 가족과 함께 나들이하였다.

전철을 기다리고 있는데, 여섯 살배기 큰아이가 지인 가족의 또래에게 갑자기 말했다. "너, 내 친구지?"

큰아이의 순한 얼굴, 또래 아이는 큰아이를 보며 멀뚱멀뚱한 얼굴로 대답했다. "응."

어릴 적엔 누구나 친구가 될 수 있었을 것이다. 하지만 어른이 되어, 진정한 친구가 있을까?

관우가 죽자 유비는 패할 줄 알면서도 오의 정벌에 나선다.

한날한시에 죽기로 도원결의(桃園結義)를 맺었기 때문이다.

이 이야기에 많은 사람이 감동하는 것은 누구나 간절하게 친구를 바라기 때문일 것이다.

이 세상 모든 사람이 우정으로 맺어지면, 인간 세상은 얼마나 눈부시게 아름다울까?

마음 울적할 때
저녁 강물 같은 벗하나 있었으면

– 도종환, 〈벗하나 있었으면〉 부분

시인은 울적할 때, 강가에 갔나 보다. 유유히 흐르는 강물을 보며 인간사를 생각했을 것이다.

언젠가는 우리 강물로 만날 수 있을까?

남을 심판하지 말라

남을 심판하지 말라. 남을 단죄하지 말라.

용서하여라. 그러면 너희도 용서받을 것이다.

– 예수

초등학교 다닐 때, 담임 선생님이 '가정환경조사서'를 나눠주고는 다음 주까지 작성해 오라고 하셨다.

거기에는 '희망직업란'이 있었다. 아버지가 '판사'를 적으라고 하셨다. '판사'를 말씀하시는 아버지의 표정은 엄숙했다.

나는 잠시 판사가 어떤 직업일까? 생각했지만, 깊이 생각하지 않았다. 하지만, '판사'가 내게 너무나 큰 영향을 주었다.

장남인 나는 아우들을 엄격하게 심판하기 시작했다. 이웃 아이들과 오순도순 놀던 나는 차츰 그 아이들을 심판하기 시작했다.

인류가 서로를 심판하기 시작한 것은 수천 년 전의 문명사회 이후의 일이다. 수만 년 동안의 원시사회의 부족장들은 재판관이 아니었다.

부족장들은 부족원들 간에 다툼이 일어나면, 심판하는 게 아니라 끝까지 화해하게 했다.

우리는 원시인들의 사랑을 회복해야 한다. 현대 문명인들의 모든 고통은 사랑의 상실에서 온다.

공기 같은 사람이 있다
편안히 숨 쉴 땐 알지 못하다가
숨 막혀 질식할 때 절실한 사람이 있다

– 조재도, 〈아름다운 사람〉 부분

우리는 서로가 공기가 되어야 한다. 함께 있어도 별로 의식되지 않는 사람, 숨 막혀 질식할 것 같을 때 언제나 곁에 있는 사람.

법대로 해!

인생은 짧다. 규칙을 깨라. 빨리 용서하고 천천히 키스하라. 진정으로 사랑하라. 통제할 수 없을 정도로 웃고 당신을 웃게 만드는 어떤 것도 후회하지 말라.
– 마크 트웨인

공부 모임에 오시는 한 초등학교 선생님이 한탄했다. 학급에서 절도 사건이 일어나, 범인을 찾아냈다고 한다.

그런데 물건을 잃은 학생이 찾아와 울면서 하소연하더란다.

"물건을 훔친 아이를 처벌하지 말아 주세요. 그 아이와 계속 친구로 지내고 싶어요."

하지만 그 아이가 학교폭력위원회에 넘겨져 자신은 어쩔 수 없었다고 했다. 아이들은 싸우면서, 잘못을 저지르면서 크지 않는가?

왜 우리 교육은 아이들에게 더불어 살아가는 능력보다는 준법정신을 가르치려 할까? 법은 도덕의 최소한인데.

분쟁이 일어날 때마다, "법대로 해!" 하고 소리치는 사람들을 본다. 그들의 표정은 한결같이 딱딱하게 굳어 있다.

인간에게는 풍부한 감성이 가장 중요하다. 우리 교육이 '죄는 밉지만, 사람은 사랑하는 인간'을 기를 수는 없을까?

난 몰라
그 애가 먼저야
그렇지만 그렇지만 쓸쓸해

– 가네코 미스즈, 〈싸움 뒤〉 부분

아이들은 '싸움 뒤' 쓸쓸함을 느낀다. 이 쓸쓸함의 힘으로 더불어 살아가는 법을 배운다.

매달린 절벽에서 손을 놓아라

길을 가다 보면 커다란 구렁을 만날 것이다.
있는 힘껏 뛰어넘어라! 생각만큼 넓지 않을 것이다.
– 조셉 캠벨

어릴 적에 들은 이야기다. 한 시골 남자가 읍내에 갔다가 이슥한 밤에 산을 넘어오는데, 도깨비가 뒤에서 옷자락을 붙잡더란다.

아무리 빌어도 놓아주지 않더란다. 결국, 그 남자는 의식을 잃고 쓰러졌다. 마을 사람들이 다음 날 아침 산에서 그 남자를 발견해 데려왔다.

나중에 그 남자의 도깨비 이야기를 들은 사람들은 박장대소를 했다. 그의 옷자락이 나뭇가지에 걸려 있었다고 한다.

도깨비를 만났을 때 그는 어떻게 해야 했을까? 두 가지 방법이 있을 것이다. 호랑이 굴에 들어가도 정신만 차리면 산다고 했으니 정신을 바짝 차릴 것! 그러면 알게 될 것이다. 도깨비에게 붙잡힌 게 아니라 나뭇가지에 옷자락이 걸렸다는 것을.

두 번째는 매달린 절벽에서 손을 놓는 것이다! '그래, 죽기로 마음을 먹으면 산다고 했으니 다 내려놓자!'

그가 정말로 죽기로 마음을 먹으면, 마음이 맑아져 알게 될 것이다. 도깨비의 짓궂은 장난이 아니라 옷자락이 나뭇가지에 걸렸다는 것을.

캄캄한 밤이라도 하늘 아래선
마주 잡을 손 하나 오고 있거니

— 고정희, 〈상한 영혼을 위하여〉 부분

아이들은 견디기 힘들면, 실컷 울고 잠을 잔다. 다음 날 아침 말갛게 깨어난다.

우리도 견디기 힘들 때마다, 아이처럼 자신을 완전히 내려놓으면 된다.

사람을 버리지 말라

성인은 늘 사람을 잘 구하고 버리지 않는다.
(성인상선구인 고무기인, 聖人常善救人 故無棄人)
– 노자

나는 모두가 특별하다는 것을 어릴 적에 경험했다. 자그마한 시골 마을에서 자라면서 모두 함께 더불어 사는 아름다운 세상을 보았다.

마을에 바보 형이 있었다. 그도 마을의 당당한 일원이었다. 그가 한마디 하면 다들 까르르 웃었다.

만일 그가 없었더라면 마을 분위기는 훨씬 삭막했을 것이다. 우리 마음에도 '바보'가 있다.

항상 이익을 계산하는 영리한 마음만 있다면, 우리의 마음은 전혀 신명이 나지 않을 것이다.

도시의 거리를 걷다 보면, 가끔 '바보들'을 만난다. 그들은 딱딱하게 굳은 얼굴로 우리 곁을 지나쳐 간다.

온전한 마음으로 살아가지 못하는 우리는 신경정신과에 자주 가야 한다. TV를 켜고 개그를 들으며 킬킬거리지만 이내 허탈하다.

인간은 큰 사회를 이루며 각자 다양하게 진화해왔다. 각자의 몫을 다 해야 사회가 온전해진다.

사람들은 늘 나를 괴롭혀요
"넌 뭐가 될래?"
마치 내가 나 아닌 게 되길
바라는 듯이

— 데니스 리, 〈넌 뭐가 될래?〉 부분

인간은 다 다르게 태어난다. 따라서 우리는 어떤 특정한 재능만 존중하지 말아야 한다. 각자 자신이 되어야 한다. 누구나 자신을 활짝 꽃 피워야 한다.

인정 투쟁

인간은 필연적으로 인정받으며,
필연적으로 인정하는 존재이다.
– 악셀 호네트

어린이집을 다녀온 다섯 살배기 큰아이, 표정이 어둡다. 마루 한편에 쪼그리고 앉아서 얼굴을 두 손으로 감싸고 앉아 있다.

"현웅아, 왜 그래?" 하고 묻자 갑자기 울먹인다.

"왕자님 아니야!" 울음 섞인 말을 하고는, 설움이 북받쳐 오는지 어깨를 들썩이며 울먹이기만 한다.

큰아이를 달래어 자초지종을 들어보니, 어린이집에서 선생님이 한 남자아이를 지목하면 다들 그 아이를 보며 "ㅇㅇㅇ 왕자님" 하고 노래를 부른단다.

그런데 선생님이 큰아이 이름은 불러 주지 않았단다. '오! 이름을 불러 주어야 꽃이 되는데……'

다음 날 외할머니가 큰아이를 데리고 어린이집에 갔다. 집에 돌아온 큰아이 얼굴이 밝다. 왕자님의 표정이다.

인간은 부당한 대우를 견디지 못한다. 인간은 사회적 동물이기 때문이다. 인생은 크게 보면 인정 투쟁이다.

하하, 그러나 필경은 아무도
오지 않을 골목에서
녹슨 내 외로움의 총구는
끝끝내 나의 뇌리를 겨누고 있다.

– 최승자, 〈외로움의 폭력〉 부분

인간은 누구의 인정도 받지 못하는 외로움을 견디지 못한다.

어둑한 골목에서 총구를 겨누게 된다. 남이든지 자신이든지 해치게 된다.

자유로부터의 도피

인간은 언제나 자신을 실현하려는 열망을 품고 있다.
이것은 인간성의 본질이다.
– 에리히 프롬

약수터에서 할머니들이 합창하고 있다. 한때 웃음 치료가 유행했다. 산에서 일부러 크게 웃는 소리, 기괴스러웠다.

미국의 사회심리학자 에리히 프롬은 자유를 '소극적 자유'와 '적극적 자유'로 구분했다.

소극적 자유는 억압적인 상태에서 벗어나는 것이다. 우리는 이 소극적 자유를 마음껏 누리고 있다.

하지만, 이 소극적 자유는 우리를 불안하게 하고 외롭게 한다. 자유가 무겁다. 누가 내 삶을 이끌어주기를 바라게 된다.

그때, 이 세상은 웃음 치료를 가르쳐주고, 치매 예방을 위해 노래 부르는 방법을 가르쳐 준다. 하지만, 여전히 쓸쓸하고 사는 게 허무하다.

우리는 '적극적 자유'를 추구해야 한다. 우리는 항상 '자신을 실현하려는 강력한 열망'을 잊지 말아야 한다.

자신의 삶을 만들어가야 한다. 내 안에서 솟아오르는 힘으로 나의 삶을 구성해 가야 한다.

저절로 웃음이 나오고, 노래를 부르게 될 것이다. '살아있음의 환희'를 느끼게 될 것이다.

아, 남들처럼 나도 멀리 찾아갔건만,
울면서 되돌아왔다네

— 칼 붓세, 〈산 너머 저쪽〉 부분

행복은 멀리서 찾지 말아야 한다. 자신의 삶을 살아가면, 행복은 저절로 온다.

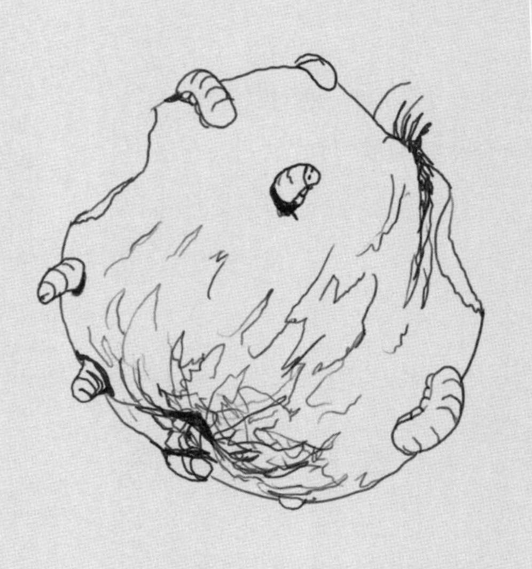

6장

하나는 모두를 위하여, 모두는 하나를 위하여

인간은
혼자 살기 위해서는
짐승이 되거나 신이 되어야 한다.

– 아리스토텔레스

한 사람에 대한 사랑

온 인류를 사랑하는 것은 쉬운 일이지만, 내 곁의 이웃

한 사람을 사랑하는 것은 너무나 어려운 일이다.

– 표도르 도스토예프스키

1988년 봄, 나는 나의 인생이 송두리째 바뀌는 경험을 했다. 대학 후배 ㅊ이 나를 찾아왔다.

"교사 모임이 있는데 한번 가보겠어요?" 나는 그를 따라 인천에 있는 한 성당에 갔다.

화사하게 웃는 교사들, '도깨비 빤쓰' 노래를 부르고 있었다. 나는 그때 처음으로 '사람이 꽃보다 아름답다.'라는 생각을 했다.

나는 그때 경이로운 경험을 했다. 참교육을 알게 되면서, 학생 한 명 한 명이 눈에 들어왔다.

그전에는 한 학생이 결석하면, '결석 1'이었다. 숫자 1은 아무것도 아니었다. 하지만 그 1이 한 인간으로 보일 때, 기적이 일어났다.

한 학생의 아픔이 보이고, 그 학생을 둘러싼 그의 가족들, 친구들, 이 세상, 삼라만상이 보이게 되었다.

만약 내가 한 사람의 가슴앓이를
멈추게 할 수 있다면,
나 헛되이 사는 것은 아니리.

— 에밀리 디킨슨, 〈만약 내가〉 부분

우리가 한 사람의 가슴앓이를 멈추게 할 수 있을까?

한 사람의 가슴에 들어가 본 사람은 이 세상의 모든 사람, 삼라만상을 다 사랑하게 될 것이다.

타자는 지옥이다

인생에 있어서 최고의 행복은 우리가
사랑받고 있음을 확신하는 것이다.
– 빅토르 위고

빨간 승용차가 좁은 길을 간다. 천천히 뒤따라갔다. 그런데 갑자기 차가 섰다. '뭐지?' 하고 고개를 들어 앞을 봤다.

강아지 두 마리를 데리고 마주 오던 남자가 소리쳤다. "차가 부딪친 건 사실 아니에요?"

좁은 길이라 서로 부딪쳤나 보다. 운전사는 여자다. 적막한 오후, 낯선 두 사람이 팽팽하게 맞서고 있다.

여자 운전자는 차를 빨리 몰아 공터에 세웠다. 개를 데리고 가던 남자는 천천히 뒤따라 갔다.

둘만이 정확하게 알 것이다. 서로의 마음이 다치지 않는 선에서 마무리가 되었으면 좋겠다.

타자들이 모여 살아가는 세상, 서로 자신의 이익에만 몰두하게 되면 이 세상은 생지옥이 되고 말 것이다.

타인의 아름다움에서만
위안이 있다, 타인의
음악에서만, 타인의 시에서만,
타인들에게만 구원이 있다.

— 아담 자가예프스키, 〈타인의 아름다움에서만〉 부분

인간은 '사회적 동물'이라, 행복과 구원은 타인에게서 온다. 프랑스의 철학자 에마뉘엘 레비나스는 말했다. "타인은 신의 육화가 아니다. 그러나, 타인 속에서 신은 나타난다."

롤모델

좋은 사람을 보면 그를 본보기로 삼아 모방하려 노력하고, 나쁜 사람을 보면 내게도 그런 흠이 있나 찾아보라.
– 공자

교장 선생님이 훈화 말씀을 하는 엄숙한 시간, 갑자기 우리 옆에 서 있던 네 살배기 작은아이가 쪼르르 앞으로 걸어 나갔다.

'아니? 저 녀석이 왜?' 작은아이는 큰아이 옆에 서더니, 큰아이 가방을 빼앗아 자기가 메려고 했다.

큰아이는 가방을 빼앗기지 않으려 안간힘을 쓰다 결국 작은아이에게 가방을 빼앗기고 말았다.

큰아이의 난처한 표정을 외면한 채, 작은아이는 형아 가방을 어깨에 메고 큰아이 옆에 꼿꼿이 서 있었다.

교장 선생님의 훈화 말씀이 끝나고 나서야 작은아이는 형아에게 가방을 주고 우리에게로 돌아왔다.

어느 개선장군도 작은아이만큼 당당한 표정은 아니었으리라. 작은아이는 입학식 내내 우리 옆에 의연하게 서 있었다.

언제까지 큰아이가 작은아이의 롤모델이었을까? 우리는 사람 속에서 공부해야 한다. 좋은 사람, 나쁜 사람 모두 스승이 되어야 한다.

다른 자에게, 또는 수천 년 전에 살았던 동료에게
무릎 꿇는 자도 없으며

— 월트 휘트먼, 〈짐승〉 부분

인간은 다른 사람에게 무릎을 꿇는다. 숭배하기에, 스스로 종이 된다. 우리는 어떤 사람에게도 종이 되지 말아야 한다. 그가 되도록 노력해야 한다. 숭배한다는 건, 그 사람처럼 멋진 점이 자신에게도 있다는 거니까.

경쟁과 협동

평범함보다 탁월함을 추구하라.

– 빌 게이츠

우리는 경쟁과 협동을 반대로 생각한다. 하지만, 경쟁이 협동의 바탕이 된다. 경쟁을 잘해야 협동을 잘하게 되는 것이다.

나는 어린 시절을 시골에서 보내며, 마을 아이들과 수시로 경쟁을 했다. 멀리 침 뱉기, 멀리 오줌 누기, 높은 데서 뛰어내리기, 빨리 달리기…….

이런 경쟁들이 우리를 씩씩하게 자라게 했다. 우리는 서로 경쟁을 하며 서열을 가렸다. 하지만 그 서열들은 함께 어울려 놀기 위한 역할 정하기였다.

우리는 다른 사람과 경쟁을 해야 자신의 탁월함을 발견할 수 있다. 누구나 자신만의 탁월함이 있다.

자신의 탁월함으로 살아가는 사람은, 자신보다 강한 사람은 마음으로 따르고 자신보다 약한 사람은 사랑으로 이끌어 준다.

각자의 탁월함으로 살아가는 세상에서는 아름다운 질서가 생겨난다. 폭력적인 지배와 복종이 사라지게 된다.

숨쉬기에 필요한 공기는
올라갈수록 희박해진다
그러다가 어느새
퍽 하고
그의 두개골이 파열된다

– 카를 리아, 〈출세의 길〉 부분

아름다운 경쟁과 협동을 배우지 못한 사람들은 무조건 위로만 올라가려 한다. 강자는 질시하고 약자는 멸시한다.

그러다, 두개골이 파열되어서야 멈춘다.

상식을 넘어서

자신의 상식을 스스로 확신하는 것은

자신의 이웃을 억압하는 것이다.

– 미셸 푸코

정주리 감독의 영화 〈도희야〉를 보며 가슴이 아팠다. 우리의 '상식'은 얼마나 무서운가!

외딴 바닷가 마을, 14살 소녀 도희가 의붓아버지 용하와 할머니로부터 학대를 받으며 살아가고 있다.

친엄마가 도망간 집, 도희는 거미줄에 걸린 어린 나비다. '동성애'의 상처를 안고 좌천된 파출소장 영남이 온다.

영남은 도희를 보며 깊은 연민을 느낀다. 도희를 집(단칸방)으로 데려와 보호하게 된다.

한방에서 살아가는 두 여성을 이 세상은 어떻게 볼까? 영남은 도희를 성폭행한 파렴치범으로 몰리게 된다.

상식이 이웃을 억압하게 되는 것이다. 동성애자에 대한 우리의 상식, '동성애자는 동성을 성적 대상으로 본다!'

이 상식이 이웃을 사랑하게 하지 않고, 외려 억압하게 되는 것이다. 다들 자신이 옳다는 얼굴을 하고 살아가는 한, 우리는 생지옥에서 살아갈 수밖에 없다.

상처가 나서 예쁘다는 것은 잘못인 줄 안다
그러나 남을 먹여가며 살았다는 흔적은
별처럼 아름답다.

– 이생진, 〈벌레 먹은 나뭇잎〉 부분

상처가 상처에게 다가간다. 우리의 상식이 그 손길을 가로막지만 않으면, 이 세상은 얼마나 눈부시게 아름다울까? 우리의 상식들이 먹구름이 되어 하늘에 짙게 드리워져 있다. 태양과 별이 캄캄한 어둠 속에 잠겨 있다.

집을 떠나라

사람은 누구나 자신의 운명을 개척할
자유와 의무가 있다.
– 조셉 캠벨

김수인 감독의 영화 〈독친〉을 보는 내내 가슴이 먹먹했다. '독이 되는 부모'라니 얼마나 참담한가!

딸을 지독하게 사랑하는 엄마 혜영, 언제나 그녀는 다정하고 우아하다. 엄마를 끔찍하게 사랑하는 딸 유리, 그녀는 공부 잘하는 모범생이다.

누가 봐도 완벽한 모녀, 어느 날 딸 유리가 주검으로 발견된다. 경찰의 수사가 시작되고, 끔찍한 진실이 하나하나 밝혀진다.

유리는 독인 엄마를 견딜 수 없어 자살을 택했다. 유리는 자살하기 직전에 담담하게 말했다.

"엄마의 엄마로 다시 태어나고 싶어. 엄마에게 딸을 사랑하는 방법을 가르쳐주고 싶어!"

영웅 신화, 전래동화에는 아이가 집을 떠나는 이야기가 나온다. 백설공주, 심청전, 바리공주…… 집을 떠나지 않으면 계속 아이로 머물게 된다.

그런데, 유리는 왜 집을 떠날 생각을 하지 못했을까? 왜 죽어서도 엄마의 엄마가 되려고 했을까?

> 한 쌍의 질문을 새장 속에 가둔다. (…) 질문의 깃 속에 질문을 파묻고 잠든다. 질문들은 성숙해진다. 질문들은 스스로 대답을 낳는다. 새장 속에 한 개의 둥근 대답이 있다. 스무날 품은 대답. 의혹이 품은 대답. 대답 속에서 촉촉한 질문 하나가 태어난다.
>
> — 조말선, 〈매우 가벼운 담론〉 부분

가정은 하나의 새장이다. 질문을 품고, 둥근 대답이 나온다. 둥근 대답 속에서 질문이 태어난다……. 이 세상이 하나의 가정이 된다.

스승을 찾아서

나는 내 아버지에게 생명을 빚졌고,
스승에게는 잘 사는 법을 빚졌다.
– 알렉산더

오늘 아침 뉴스에 '시들해진 교사 인기, 수능 6등급도 교대 합격했다'는 기사를 보았다.

댓글을 보니, '6등급이 어떻게 아이를 가르칠 수 있느냐?' '6등급이 자신을 다스릴 수 있을까?' '6등급이라도 인성만 좋으면 되지.'라는 글들이 있었다.

교대에 입학하려면 과거에는 1–2등급이 되어야 한다고 했다. 교사라는 직업의 가장 큰 매력은 안정적인 직장, 방학일 것이다.

그런데 이제 그런 장점이 사라져 버렸다. 공부 모임에 오는 교사들의 얘기를 들어보면, 불안이 일상이 되었다.

교직에 있을 때, 몸이 안 좋아 수업하기가 힘든 적이 있었다. 그때 교무주임이 "조만간 도 학력고사를 본다."라고 했다.

'헉! 어떡하나?' 나는 아이들에게 교과서에서 시험에 나올만한 부분에 밑줄을 치고, 그것들을 달달 외우게 했다.

결과는 어땠을까? 아주 우수한 성적이 나왔다. 나는 우수교사상을 받았다. 그 후 그런 수업은 다시 하지 않았다.

몇 년 지나면 마침내
아무도 찾지 않고 잊혀지는 중학교 선생

– 양정자, 〈중학교 선생〉 부분

'아무도 찾지 않고 잊혀지는 중학교 선생' 우리 교육의 참담한 풍경이 아닌가!

수능 등급에 연연하는 우리의 교육은 앞으로 어떻게 될까? 우리의 아이들은? 우리의 미래는?

예술이 인류를 구원하리라

우주적 의지는 예술에 의해 직관 된다.

– 아르투어 쇼펜하우어

고흐가 야외에서 앙상하게 드러난 나무뿌리를 그리고 있다. 그의 얼굴은 희열에 가득 차 있다.

아이들을 데리고 지나가던 유치원 교사가 고흐가 그리고 있는 그림을 보고 한마디 한다.

"무슨 화가가 나무뿌리를 그린담? 나뭇가지나 나뭇잎들을 그리지 않고……."

그 말을 들은 고흐는 불같이 화를 내다 이내 평온을 되찾는다. 그의 가슴에 '우주적 의지'가 충만해 있기 때문일 것이다.

유치원 교사를 향한 개인의 의지, 분노를 완전히 압도하는 우주적 의지가 충만한 그에게 삼라만상은 하나의 가족이다.

반면에 보통 사람들은 개인적인 의지가 강하다. 따라서 보통 사람들은 자신들의 감정을 주체하지 못한다.

그래서 쇼펜하우어는 이 세상을 비관적으로 본다. 개인의 의지들이 서로 부딪쳐 이 세상은 약육강식의 세상이 될 수밖에 없기 때문이다.

그래서 그는 예술이 인류를 구원할 수 있다고 본다. 개인의 의지가 강한 보통 사람도 예술을 접하며, 우주의 의지로 충만해질 수 있으니까.

예술은 길고 인생은 짧다

– 헨리 워즈워드 롱펠로우, 〈인생예찬〉 부분

긴 인생을 사는 방법이 있다.

인생을 예술로 만드는 것! 나의 의지를 넘어 우주적 의지가 충만한 삶을 사는 것!

사람을 안다는 것

종교 없는 과학은 절름발이이고,
과학 없는 종교는 눈이 멀었다.
– 알베르트 아인슈타인

심혜정 감독의 독립영화 〈너를 줍다〉는 요즘 청춘들의 슬픈 사랑 이야기를 들려준다.

사랑의 상처가 깊은 지수는 한 인간의 진짜 모습은 그가 버린 '쓰레기봉투'에 있다고 생각한다.

아파트 쓰레기 수거장에서 새로운 쓰레기를 찾던 지수는 깔끔하게 버려진 쓰레기봉투를 발견한다.

바로 옆집 남자 우재의 쓰레기봉투다. 지수는 쓰레기봉투 안의 정보를 토대로 그에게 접근하여 친구 사이가 된다.

한 인간은 하나의 세계다. 한 인간을 안다는 건, 우주를 아는 것이다. 우주를 어떻게 알 수 있을까?

우주에 관한 모든 데이터를 모아 봐도 우주는 여전히 신비의 베일에 싸여 있을 것이다.

사람을 안다는 건, 물질을 넘어서 에너지장으로 들어가는 것이다. 온몸의 떨림으로 느끼는 것이다.

새는 노래한다, 노래하는
것의 의미도 모르면서 노래한다:
그가 이해할 수 있는 것은 목청의 떨림 뿐이다.

– 옥따비오 파스, 〈수사학〉 부분

마냥 즐거운 아이처럼, 우리는 하나의 파동이 되어야 한다. 파동 속에서 삼라만상은 자신의 신비를 드러낸다.

에덴에 대한 기억

진정한 자아실현은 다른 사람들과의 연결과 공동체에 참여하는 것에서 나온다.

– 에리히 프롬

명절마다 우리 형제 가족들이 다 모였다. 네 형제가 아이를 둘씩 낳았으니 아이들이 모두 여덟 명이다.

항상 여기저기서 말다툼하는 소리, 비명, 우는 소리가 들렸다. 우리 형제들은 협약을 맺었다.

아이들 일에 일절 개입하지 않기로 했다. '외세 개입 금지! (예외 조항: 다치거나 그와 유사한 상황이 발생하면 개입할 수 있다.)'

우리는 우리끼리 술판을 벌였다. 와서 읍소하는 놈. 혼자 조용히 우는 놈…… 하지만, 우리는 본체만체했다.

그러자 차츰 아이들은 자기들만의 공동체를 만들어갔다. 처음에는 힘센 아우가 형을 때리기도 했지만, 차츰 형은 형답게 아우는 아우답게 행동하게 되었다.

위험이 닥치면, 형들이 아우들을 보호했다. 우리는 멀찍이서 지켜보며 희희낙락했다.

이제 명절에도 다 모이지 못한다. 하지만, 우리 아이들은 오랫동안 에덴에 대한 기억을 잊지 못하리라.

함빡 눈을 맞으며, 아기들이 놀고 있다

아기들은 매우 즐거운 모양이다.
한없이 즐거운 모양이다.

– 천상병, 〈주막에서〉 부분

시인은 환각 속에서 어린 시절을 만난다. 아이들은 언제나 즐겁다. 한없이 즐겁다.

7장

영원을 향하여

죽음을
그토록 두려워 말라.
못난 인생을 두려워하라.

– 베르톨트 브레히트

마음에 대하여

성찰하지 않는 삶은 살아갈 가치가 없다.
– 소크라테스

인도의 경전 《따이띠리야 우파니샤드》에는 마음의 층위가 나온다. 첫 번째 층위는 음식층이다. 음식으로 만들어지는 육체다.

두 번째는 호흡층이다. 호흡은 음식을 산화시켜서 생명으로 바꾼다. 세 번째는 마음층이다. 의식의 중심인 자아(Ego)다.

네 번째는 지혜층이다. 자아를 초월하는 마음이다. 지혜층 안쪽에는 희열층이 있다. 관세음보살의 천 년의 미소다.

자아는 자신의 몸인 음식층의 고통과 쾌락에 연연한다. 그래서 우리는 삶을 성찰해야 한다.

자신의 마음을 항상 고요히 들여다보아야 한다. 그러면 우리는 지혜층, 희열층으로 들어갈 수 있다. 진정한 자신, 참나(Self)를 만나게 된다.

비로소 온전한 삶을 살아가게 된다. 여한이 없는 삶, 죽음을 반겨 맞이할 수 있는 멋진 삶이 된다.

끝내는 말로부터 달아날 수 없었다
눈을 감아도 마찬가지였다
이럴 줄 알았으면,
말을 가지고 실컷 떠들고 놀 것을 그랬다

– 윤희상, 〈말의 감옥〉 부분

말은 자아의 마음에 머물게 한다. 말은 세상이 만들었기 때문이다. 자아에 갇힌 우리는 말의 꼭두각시가 된다.

말을 갖고 놀아야 한다. 말들이 서로 엉켜 새로운 말로 거듭나야 한다. 시(詩)가 되어야 한다. 우리는 말의 주인이 된다.

살맛과 죽을 맛

열정을 잃으면 곧 마음이 시든다.
– 사무엘 울만

정신분석학의 아버지 프로이트는 '에로스(삶의 본능)'와 '타나토스(죽음의 본능)'를 인간 심리의 양대 에너지로 보았다.

에로스는 생(生)의 에너지를 말한다. 살맛이다. 타나토스는 죽음을 향한 에너지를 말한다. 죽을 맛이다.

우리는 이 두 맛을 함께 느끼며 한평생 살아간다. 우리는 평소에 살맛을 강하게 느끼며 살아가야 한다.

살맛은 깊은 내면에서 솟아 나오는 생명의 힘이다. 이 힘은 우리에게 더 나은 나를 꿈꾸게 한다.

우리가 더 나은 나를 꿈꿀 때, 우리의 마음과 몸은 온 힘을 다해 그 꿈을 향해 나아가게 된다.

열정이 식을 때, 우리는 길을 잃게 된다. 타나토스가 서서히 우리의 마음과 몸에 스며들게 된다.

우울과 권태가 오고, 알 수 없는 사고가 일어나고, 온갖 무서운 질병들이 찾아오게 된다.

희망은 날개 달린 것
영혼에 둥지 틀고,
말이 없는 노래를 부른다네
끝없이 이어지는 그 노래를,

– 에밀리 디킨슨, 〈희망은 날개 달린 것〉 부분

우리는 깊은 내면에서 솟아 나오는 희열, 그 희열이 가라는 곳으로 가야 한다. 그 희열을 따라가면, 우리의 어깨에 날개가 돋게 된다.

자연을 따르라

도(道)는 자연(스스로 그러함)을 본받는다.

(도법자연, 道法自然) – 노자

한 여인이 죽은 아기를 안고 미친 듯이 거리를 헤매다 석가를 찾아갔다. “부처님, 제발 아기를 살려주세요.”

그러자 석가가 말했다. “사람이 죽은 적 없는 집에서 겨자씨 한 알을 구해오면 아기를 살려주겠다.”

여인은 집집이 찾아다니며 ‘사람이 죽은 적이 없는지’를 물어보았다. 사람이 죽지 않은 집은 없었다.

여인은 깨달았다. ‘사람은 누구나 다 죽는구나!’ 여인은 비로소 아기의 죽음을 받아들이게 되었다.

만일 자신의 아기만 죽는다고 생각하면, 그 여인은 절대로 아기의 죽음을 받아들일 수 없었을 것이다.

천지자연은 한 치의 오차도 없이 이치대로 돌아간다. 우리는 너무나 자연스럽게 돌아가는 천지자연의 이치를 똑바로 바라보아야 한다.

그러면 우리는 삶의 모든 고통을 받아들일 수 있을 것이다. 고통과 함께 무한히 성장할 수 있을 것이다.

꽃이 피는 순간을 기다려 보았는가
굳게 오므린 꽃잎들이 눈에 보이지 않게
서서히 부풀어 오르고 펼쳐져
활짝 만개하는 그 황홀한 순간,

– 이반 투르게네프, 〈사랑의 비밀〉 부분

자연의 매 순간은 꽃이 피는 시간이다. 자연스레 우리의 삶을 바라볼 때, 매 순간은 기적이 된다.

몸의 소리를 들으라

인간의 몸에는 어떤 철학적 사고보다도 더 심오한
지혜가 깃들어 있다.
– 프리드리히 니체

오래전에 아주 가까운 사람 때문에 많이 힘들었던 적이 있다. 그때 몸은 끊임없이 내게 위험 신호를 보냈다.

'그 사람 가까이하면 위험해.'

그 사람과 술잔을 기울일 때, 몸은 께름칙한 느낌으로 내게 위험 신호를 보내기도 했다.

하지만 나는 듣지 않았다. '아주 가까운 사람인데, 설마 무슨 일이 있겠어?' 설마가 사람 잡는다고 하지 않는가?

몸의 소리를 듣지 않은 대가를 혹독하게 치렀다. 나는 그 뒤

몸의 소리를 듣는 연습을 했다.

마음을 고요히 하여 몸의 소리를 듣기! 야생 짐승 같은 촉으로 느끼기!

일상의 소소한 것들은 이성으로 판단할 수 있지만, 인생의 아주 중요한 일들은 이성을 넘어서는 몸의 심오한 지혜가 판단해야 한다.

접시 속 낙지의 몸이
사방으로 기어나간다
죽음도 받아들이지 못하는 정신의
몸은 힘차다

– 조은, 〈낙지〉 부분

몸은 끝까지 자신의 길을 간다. 몸은 자신의 세계에 대해 고민해 본 적이 없다.

정신을 가진 인간만이 좌절한다. 인간은 한평생 정신승리법으로 살아간다.

윈윈게임(win-win game)

군자는 다름을 인정하고 화합을 추구하는 사람이며
같음을 강조하지 않는다. (군자화이부동, 君子和而不同)
– 공자

시골에 살 때였다. 알고 지내던 한 화가가 마을에서 따돌림을 당하고 있었다. 나는 당시 지역 신문사의 편집국장이어서 중재에 나섰다.

이장을 만나 연유를 물어보았다. 이장은 화가가 마을 부역에 동참하지 않는다고 말했다.

시골에는 부역이 있었다. 주민들이 공동 우물 등을 직접 관리했다. 화가는 사생활이 침해된다고 말했다.

나는 두 사람과 함께 만나 합의를 끌어냈다. 화가가 부역에 참여하지 않는 대신, 방학 동안에 마을 아이들을 무료로 그림지도 해주기.

우리는 어떤 갈등이 일어날 때, 모두에게 좋은 길을 찾아야 한다. 의외로 많을 것이다.

자존심 싸움으로 가다 보면, 서로 감정이 상하게 되고, 감정의 불길이 치솟아 결국에는 함께 망하는 길로 가게 된다.

우리는 서로의 다름을 인정하고 그 다름을 바탕으로 서로 승리(win-win)하는 방법을 찾아내야 한다.

가장 밝고 뜨거운 불 속으로
이카로스처럼 찬란하게

– 김상미, 〈자존심〉 부분

인간에게는 삶을 향한 본능과 죽음을 향한 본능이 있다.

삶이 추락할 때, 우리는 이카로스처럼 찬란하게 불 속으로 날아들 수 있다.

꿈을 가져라

진정한 발견은 새로운 땅을 찾는 게 아니라 이미 있는 것을 새로운 눈으로 바라보는 것이다.
– 마르셀 프루스트

한때 스웨덴의 보컬 그룹 아바(ABBA)의 노래 'I have a dream(나에겐 꿈이 있어요)'을 자주 들었다.

'나에겐 꿈이, 환상이 있어요/현실을 헤쳐나갈 수 있게 도와주는 거예요(I have a dream, a fantasy/To help me through reality)'

꿈을 꾸게 되면, 우리 안의 '자기(영혼, Self)'가 깨어난다. 자기는 우리 마음의 중심에 있는 태양이다.

자기가 깨어나면 우리는 '큰 나'가 된다. '작은 나(Ego)'를 벗어나 큰 나가 되어 바라보는 세상은 전혀 다르다.

싱싱한 삶, 늘 충만한 삶이다. 신(神)이 내 안에서 나의 삶을 살아가고 있는 영원의 삶이다.

이 자기는 우리가 꿈을 꿀 때 깨어난다. 현실에 안주하고 살아가면, 자기는 깨어나지 않는다.

태양의 기억이 가슴속에서 흐려져 간다.
이건 무엇? 어둠?
아마도!……하룻밤 사이에도
겨울은 올 수 있다.

– 안나 아흐마토바, 〈태양의 기억이〉 부분

우리는 가슴속에서 뜨겁게 타오르는 태양의 불꽃을 꺼뜨리지 말아야 한다. 온 마음을 다해 태양을 고이 품어야 한다.

그렇지 않으면, '하룻밤 사이에도/겨울은 올 수 있다.'

꿈은 이루어진다

꿈은 이루어진다. 이루어질 가능성이 없다면
자연이 우리에게 꿈꾸게 하지도 않았을 것이다.
– 존 업다이크

어릴 적 삼총사가 있었다. 나, 사촌 형, 주인집 아들. 아마 초등학교 5학년쯤이었을 것 같다.

마을 앞 언덕에서 눈부시게 빛나는 별을 보며 두런두런 얘기를 나눴다. "우리의 꿈에 관해 얘기해 보자."

사촌 형은 1억을 벌겠다고 했다. 주인집 아들은 평범하게 살겠다고 했다. 나는 유명해지고 싶다고 했다.

수십 년이 지나 만났다. 우리는 깜짝 놀랐다. 우리는 그때 얘기한 모습을 향해 살아가고 있었다.

사촌 형은 꽤 많은 돈을 벌었고, 주인집 아들은 중학교 교장이 되어있었고, 나는 유명해지진 못했어도 글을 쓰고 인문학을 강의하고 있었다.

꿈을 꾸게 되면, 머릿속에 그림이 그려진다. 우리의 온 마음과 몸은 그 꿈을 향해 달려가게 된다.

우리는 꿈을 가져야 한다. 그러면 어떤 난관도 헤쳐나갈 수 있게 된다. 점점 더 나은 나가 되어 간다.

불운은 인간이 만든다는 것을
인정하는 일.

– 박라연, 〈다시 꿈꿀 수 있다면〉 부분

꿈꾸지 않으면, 불운이 온다.

우리의 마음이 죽음을 향해 기울어지기 때문이다.

인생은 한바탕 꿈?

'지금, 이 순간'은 기쁨과 행복으로 가득 차 있다.
주의를 기울이면 알 수 있을 것이다.
– 틱낫한

나이가 들어가면서 실감하는 말, '인생은 한바탕 꿈' 지나고 보면 인생이 다 꿈 같다.

아마 나이가 아주 많이 들어 정신이 혼미해지면, 이승과 저승의 구별이 잘되지 않을 것 같다.

우리는 밤에 꿈을 꾼다. 이 꿈은 생각이다. 잠을 자도 우리의 뇌는 쉼 없이 운동을 하고 있기 때문이다.

그러면 낮에 우리의 뇌는 어떨까? 계속 운동을 한다. 눈, 귀 등 오감으로 느낀 것들이 지난 기억과 연결되어 어떤 생각을 하게 되는 것이다.

우리가 생각하고 있는 것들을 잘 살펴보면, 우리는 항상 생각하고 있다는 것을 알 수 있을 것이다.

이 생각들 속에 깊이 빠져 있게 되면, 지금, 이 순간은 휙 지나가 버린다. 그날이 그날 같고, 시간은 화살처럼 지나가게 된다.

우리는 늘 깨어있어야 한다. 지금, 이 순간에 몰입해야 한다. 시간이 사라지는 신비를 체험해야 한다.

지금,
세상의 중심이 저들에게 있다

— 고영, 〈사랑〉 부분

사랑할 때는 누구나 세상의 중심에 있게 된다.

사랑이 충만하면, 우리 안의 영혼(Self)이 깨어난다. 찰나가 영원이 된다.

죽음은 아무것도 아니다

죽음이 우리에게 아무것도 아니라는 올바른 인식은
우리로 하여금 죽게 되어있는 삶을 즐길 수 있게 해준다.
– 에피쿠로스

TV 프로 〈동물의 왕국〉을 본다. 더없이 넓은 초원에서 얼룩말이 죽을힘을 다해 달리고 있다.

그 뒤를 바짝 쫓아가는 사자, 얼룩말의 속도가 서서히 떨어지기 시작한다. 사자가 온 힘을 다해 뛰어가 얼룩말의 목을 문다.

얼룩말의 눈빛을 본다. 언뜻 생각하면 얼룩말의 눈빛이 공포감에 젖어 있을 것 같은데, 아니다. 더없이 평온하다.

나는 얼룩말의 평온을 안다. 죽을힘밖에 남아 있지 않은 상태에서는 모든 공포가 사라지게 된다.

50대 초반의 어느 날 밤, 나는 잠에서 깨어나 죽어가는 나를 보았다. 심장이 두 방망이질을 하고, 온몸에서 땀이 물처럼 흘러내렸다.

팔과 다리가 얼음처럼 싸늘했다. 그런데, 나는 무심했다. 기운이 다 빠져나간 몸, 더없이 평온했다.

우리는 죽음이 아무것도 아니라는 것을 깨달아야 한다. 그리하여 멋진 삶을 살아갈 수 있어야 한다.

나 하늘로 돌아가리라.
아름다운 이 세상 소풍 끝내는 날,
가서, 아름다웠더라고 말하리라.

– 천상병, 〈귀천〉 부분

시인은 죽음 근처에 가보았기에, 죽음이 아무것도 아니라는 것을 알게 되었을 것이다. 그래서 그의 삶은 아름다운 소풍이 될 수 있었을 것이다.

죽음은 없다

지금 여기서 영생을 경험하며 살아라.

– 조셉 캠벨

석가는 인간의 생로병사(生老病死)의 고통을 해결하기 위해 출가를 했다. 그는 깨달았다.

애초부터 인간에게는 태어나고, 늙고, 병들고, 죽는 게 없다!

석가는 인간이 무명(無明), 어리석음으로 인해 생로병사가 있다는 착각에 빠져 생로병사의 고통을 겪게 된다는 것을 깨달은 것이다.

예수도 도마복음에서 말했다. "살아있는 자들은 죽지 않으리라."

인간에게 죽음이 없다는 것은 현대 양자물리학에 의해 증명 된다. 우리가 보는 물질은 태어나 일정 정도 존재하다 사라진다.

하지만, 우리가 물질이라고 생각하는 것들은 사실 에너지장이다. 에너지장은 영원한 파동이다.

태어남도 없고 사라짐도 없다. 즉 우리가 생각하는 삶과 죽음은 자아(Ego)가 일으키는 망상이다.

자아를 넘어서는 '큰 나(Self)'의 마음이 되면, 나는 곧 이 우주 자체이기에 영원한 에너지장의 율동이 된다.

> *우리네 육신이 저어하는 죽음은*
> *꿈이라 칭하는 매일 밤의 죽음임을 체득하는 것.*
>
> – 호르헤 루이스 보르헤스, 〈시학〉 부분

죽음이 꿈에 불과하다는 것은 지식을 넘어 깨달음이 와야 명확히 알 수 있지만, 명상을 통해 우리의 본질은 영원한 우주의 춤이라는 것을 어렴풋하게나마 알 수 있다.

| 닫는 글 |

세상은 참으로 시시하다.
삶은 의미 없이 흘러가는 강이다.

우리가 언어(言語)에 갇혀서 그렇다.

이 세상을 언어로 보면,
갈가리 찢어진다.

나와 너, 남자와 여자, 인간과 자연…
서로가 죽고 죽이는 생지옥이 된다.

하지만 시(詩)의 눈으로 보면,
시시詩視한 세상이 된다.

내 마음이 호수가 되고,
인간은 나비가 된다.

만물제동(萬物齊同)의 세상이 된다.

이 시대에 가장 필요한 건,
시적인 마음이다.

시는 언어를 넘어서는 언어,
우리의 영혼의 소리다.

우리의 미래인 30대,
시의 마음으로 살아갔으면 좋겠다.

그러면,
그들 앞에 삶이 눈부시게 빛나게 될 것이다.

2024년 가을이 오는 길목에서

고석근

Memo

Memo

바쁜 30대를 위한 인문학 쉼터

초판 1쇄 2024년 10월 10일

지은이 | 고석근
발행인 | 김재홍
교정/교열 | 김혜린
디자인 | 박효은
마케팅 | 이연실

발행처 | 도서출판지식공감
등록번호 | 제2019-000164호
주소 | 서울특별시 영등포구 경인로82길 3-4 센터플러스 1117호
전화 | 02-3141-2700
팩스 | 02-322-3089
홈페이지 | www.bookdaum.com
이메일 | jisikwon@naver.com

가격 15,000원
ISBN 979-11-5622-896-7 03810